Carl-Henning Wijkmark

Nahende Nacht

CARL-HENNING WIJKMARK

Nahende Nacht

Roman

Aus dem Schwedischen von Paul Berf

Matthes & Seitz Berlin

IN REGELMÄSSIGEN ABSTÄNDEN gaben Birgit oder Angela mir eine Spritze, die mich schläfrig machte, solange ich wach lag, und hellwach in den Träumen, die sich einstellten, sobald ich einschlief. Doch schlief ich wirklich? Es war eher eine Art Dämmerzustand und die Träume waren unkontrollierte Fantasien, sehr deutlich und bevölkert von einem oder mehreren Menschen, die sich bewegten und sprachen. In meinen Träumen sind häufig Repliken vorgekommen, aber früher war es so, dass ich sie eher dachte als hörte; nun erklangen sie dagegen laut und deutlich, allerdings mit einem Hallen wie in einem Kellergewölbe, das individuelle Unterschiede auslöschte. Es war, als hörte man Roboter, was jedoch nicht verhinderte, dass die Menschen aus meiner Vergangenheit, die in diesen Träumen auftraten, realer wurden als jene, die mich in der Gegenwart umgaben. So war es zumindest zu Anfang meines Aufenthalts in Zimmer 5; es sollte sich im Laufe der Zeit ändern.

Der große Segen der Spritze bestand natürlich darin, dass sie die Schmerzen kappte und längere Zeit völlig verschwinden ließ, und ich, der ich im Laufe eines Lebens in der Welt des Theaters mehr als genug von Drogentratsch und Fixerhelden mitbekommen hatte, war jetzt ein dankbarer Morphinist. Dennoch möchte ich ausdrücklich meine neue Traumwelt erwähnen, weil sie zum Positivsten gehörte, was ich in dieser späten Phase meines Lebens erfahren durfte, auch wenn sie mich nicht selten mit durchaus unangenehmen Szenen und drängenden Fragen konfrontierte. Zwar entwickelte ich mit der Zeit ein immer freundschaftlicheres Verhältnis zu meinen beiden Zimmergenossen und ein immer innigeres zu den Krankenschwestern, die ich bereits erwähnt habe, aber die Träume waren eine sicherere Zuflucht. Und weil ich eine Zuflucht so verzweifelt benötigte, wurden sie, wie gesagt, wirklicher als meine eigentliche Wirklichkeit.

Denn es ließ sich nicht leugnen, dass sich meine Kameraden und ich in einer *deathrow* befanden – oder dem »Basislager«, wie wir es nannten, weil uns das große Wagnis noch bevorstand. Ziel der Pflege an diesem Ort ist es, zu helfen und zu lindern, nicht zu heilen, und es gibt hier auch niemanden, der behaupten würde, einer von uns Patienten könne gerettet werden. Bekommen haben wir die Freundlichkeit und Fürsorglichkeit einiger Krankenschwestern in Form von schmerzlindernden Mitteln und hygienischer Assistenz, ansonsten jedoch nicht viel, was uns das Leben in dieser letzten Zeit erleichtert hätte. Das Essen schmeckte nach nichts, erinnerte an Plastik und wurde zu unserer Erleichterung durch den Tropf ersetzt, als die Verschlechterung unseres Zustands dies erforderlich machte. Der Seele wurde der Trost von Religion und Psychologie angeboten und glücklicherweise, darf ich wohl sagen, darüber hinaus das, was zu meiner wichtigsten Stütze wurde: der junge Mann, der jeden Montag und Freitag mit seinem Bücherwagen auftauchte. Ich bin immer schon ein leidenschaftlicher Leser gewesen, aber jetzt las ich wie ein Besessener, und dieses Lesen wuchs zu einem leicht überspannten Projekt, einem Versuch, dem großen Widersacher in die Karten zu schauen und den Kampf auf diese Weise ausgeglichener und die Niederlage erträglicher zu gestalten. Man hat mir nicht vorenthalten, dass meine bemühten Studien in der Kunst des Sterbens mein Leben eher noch verkürzen würden. Das mag stimmen, aber das war es in dem Fall wert.

Ich merkte schnell, dass Harry und Börje, meine Zimmergenossen, die Bücherstapel mit Widerwillen betrachteten, als verstieße ich gegen die Regeln und begäbe mich aus Feigheit vor dem Feind auf Abwege. Auch wenn mir das nichts ausmachte, bekam es auf längere Sicht doch eine gewisse Bedeutung, es führte zu einer Distanz zwischen uns, die bis zuletzt bestehen blieb.

Ich habe von zwei Zimmergenossen gesprochen, aber eigentlich waren es drei. Der dritte hatte eine stumme Rolle und war zudem unsichtbar. Die Erklärung folgt sofort.

Im Bett gegenüber lag Harry, der trotz allem mein Freund wurde – mehr oder weniger, das schwankte je nach Tagesform. Er war in meinem Alter, seit ein paar Jahren pensioniert. Sozial betrachtet hatte sein Leben früh Schiffbruch erlitten, mehr als drei Jahrzehnte hatte er auf Stockholms Straßen und in Obdachlosenheimen gelebt, ein Aussteiger und zeitweiliger Penner, gezeichnet, aber nicht gebrochen von Drogen, Suff, kalten Nächten und gewiss auch Unterernährung. Möglicherweise war dies zwar nicht der Auslöser für seine Krankheit gewesen, aber es hatte sie mit Sicherheit verschlimmert. Natürlich hätte er nicht so leben müssen, zumindest nicht in diesem extremen Maße. Er hatte auf Grund von Umständen, die er einige Male, wenn auch nur beiläufig, erwähnte, eine Wahl getroffen. Schräg gegenüber, am Fenster – das zu einem Park mit einzelnen Bäumen hinausging – lag Börje, ein Mann zwischen vierzig und fünfzig, Postangestellter, unklar, in welcher Funktion; vermutlich aus Rücksicht auf Harry unterhielten wir uns nie über unser Berufsleben. Tabu war zudem, woran wir litten und wie sehr, genau wie Diagnose, Prognose, Medikamente und so weiter – das alles behielt man für sich oder erörterte es in leisen Gesprächen mit Ärzten und Krankenschwestern. Jeder einzelne lag in seiner eigenen Pein und sandte den anderen stumme Leidenswellen. Ab und zu, wenn bei einem von uns Furcht und Not allzu offensichtlich wurden, geschah es jedoch, dass man mit einem Blick, einer Geste oder ein paar Worten des Mitgefühls aus sich herausging. Nie länger als für einen kurzen Moment, und Börje beteiligte sich niemals an einem solchen Austausch, bedauerte weder sich noch andere. Umso mehr brachte er seine große Passion zum Ausdruck, die aus Tippen, Toto, Wetten, Zocken und Glücksspielen aller Art bestand. Als ich Neuankömmling im Zimmer war (in dem Harry und er schon eine Weile gelegen hatten), war einer seiner ersten Vorschläge eine Wette darum gewesen, wer von uns die anderen überleben würde. Er brachte sie ganz ungezwungen vor, aber ich merkte schon bald, dass es untergründig eine ernsthafte Rivalität gab, und zwar nicht nur um die Lebensdauer, sondern auch um das Wohlwollen der Krankenschwestern; Gunst wäre angesichts des Zustands, in dem wir uns befanden, zu viel gesagt. Wie dem auch sei, Börje forderte jedenfalls unsere Einsätze auf »den zähesten alten Sack« und bot uns darüber hinaus an, auch auf Platz zu setzen. Taktvoll setzten Harry und ich auf unseren Buchmacher als Gewinner, er war immerhin der jüngste von uns und hatte Familie (was ich allerdings erst später erfuhr). Wir verzichteten darauf, um den zweiten Platz zu spielen. Die Frage des Gewinns führte zu einigem Murmeln über die Testamente, was Börje mit großer Geste beiseite wischte. Das Spiel selbst war wichtig.

Dann war da noch der vierte Mann im Raum, der stumme und unsichtbare. Wir verzichteten zwar darauf, auf ihn zu setzen, aber ansonsten war an ihm nichts Okkultes, er war aus Fleisch und Blut. Sein Bett stand links von meinem, an der Fensterwand, aber als Lebenden sahen wir ihn nie, ein grüner Vorhang, der in einer Deckenschiene lief, entzog ihn unseren Blicken. Börje, der ihm gegenüber lag, behauptete, flüchtig Teile von ihm gesehen zu haben, einen Fuß, der gegen den Vorhang trat, einen Arm, der über die Bettkante gestreckt wurde, aber den ganzen Menschen sahen wir erst, als er tot und zugedeckt war und zu seinen Ahnen gerollt wurde, die ihn auf der andere Seite des Erdballs erwarteten. Das Personal hüllte sich zu seiner Person in Schweigen, so lauteten offensichtlich die Anweisungen, und wir erfuhren lediglich, dass er aus einem anderen Erdteil stammte (oder einem anderen »Kulturkreis«, wie man heute sagt). Wegen eines unbedachten Worts irgendeiner Schwester bildeten wir uns ein, er käme aus Mittelamerika – fälschlicherweise, wie sich herausstellen sollte – und nannten ihn deshalb Montezuma, schon bald abgekürzt zu Monte. Seine Verborgenheit und noch mehr sein Schweigen beschäftigten uns sehr – er stöhnte und schnarchte nicht und wir konnten ihn nicht essen hören, da er am Tropf hing. In den Nächten wurde dieses Schweigen im Verborgenen so mächtig, dass es die Dunkelheit erfüllte, und wir fragten uns, ob er noch lebte.

Das Eigenartige an Monte war, dass er solch eine starke Präsenz hatte, obwohl wir ihn weder sehen noch hören konnten. Aber vielleicht war das auch gar nicht so eigenartig. In unserem todgeweihten Zustand waren wir besonders empfänglich dafür, was sich auf der anderen Seite des Vorhangs verbarg, und die Autorität seines Schweigens wurde durch unsere Furcht vor dem endgültigen Schweigen verstärkt. Es entstand ein Spannungsfeld um die abgeschirmte Ecke, und Monte bekam unausgesprochen die Rolle einer verborgenen, einer abgewandten Gottheit. Es lag in der Luft; ich merkte zudem, dass die Sache für keinen von uns nur ein Spiel war. Vor allem Börje war tief berührt. Der diskrete Kult bekam darüber hinaus eine Art Vermittler oder Propheten, als sich zweimal ein Besucher – offenbar ein Landsmann – einstellte. Es war ein hagerer, recht großer, junger Mann, der in unseren Augen indianisch aussah. Er hatte einen großen Rucksack aus braunem Leder dabei, dem er etwas entnahm, was mir kleine Holzfiguren zu sein schienen. Er verschwand mit ihnen hinter dem Vorhang, kehrte jedoch augenblicklich wieder zurück, trat rückwärts heraus, als wollte er dem Kranken nicht den Rücken zukehren, und seine Hände waren leer. Daraufhin stellte er sich unmittelbar vor den schmalen Spalt zwischen Fenster und Vorhang, die Arme vor der Brust verschränkt und die Füße eng zusammen in einer gleichsam ehrerbietigen Haltung, und sprach in die Ecke hinein zu seinem Landsmann. Ziemlich lange redete er in einer Sprache, die keiner von uns kannte, bekam jedoch, so weit wir hören konnten, keine Antwort. Als der Mann gegangen war, unterhielten wir uns, respektvoll flüsternd, über das Ganze, und damals, nach dem ersten Besuch seines Kameraden, spürte ich, dass Montes Gegenwart uns drei in einer unbestimmten, aber großen Ergriffenheit zusammenführte. Er war, auch wenn wir es nicht explizit dachten, ein

Erlöser, ein Katalysator für unsere Situation. In unseren Gefühlen für ihn konnten wir einander begegnen, und so blieb es auch, nachdem er uns verlassen hatte.

Eine Woche verging, zwei Wochen: Monte schwieg und blieb unsichtbar. Nicht einmal Birgit und Angela, die wir mehrmals täglich sahen, wollten oder konnten uns erzählen, wer er war und woran er litt, außer, dass es ihm sehr schlecht ging. Wenn wir mehr wissen wollten, schüttelten sie nur den Kopf. Schließlich offenbarte er sich uns trotz allem, auf denkbar überraschendste Art.

Es war ein Abend, an dem wir in den zwei kleinen Apparaten, die an der Decke hingen, Eurosport guckten, einer für jedes Bettenpaar, aber vernetzt; was der eine Fernseher zeigte, das zeigte auch der andere. Börje schaute am meisten und bestimmte normalerweise das Programm. Das bedeutete sehr viel Sport, weniger um des Sports willen, sondern weil sich daraus die Möglichkeit ergab, Tipps abzugeben und mit uns anderen zu wetten. An diesem Abend hatten wir jedoch keine Lust und weigerten uns, Tipps für ein paar Eishockeyspiele abzugeben, die über den Bildschirm flimmerten. Er zappte ziellos weiter. Ich wollte gerade zum Schutz gegen den Fernseher und das grelle Septemberlicht meine Schlafmaske aufziehen, als ich sah, dass Börje zu einer der seltenen Kricketpartien umgeschaltet hatte. Das konnte durchaus amüsant sein, mir gefiel das gemächliche Trotten zwischen den Toren, also sah ich hin. Genau wie die anderen – für eine Minute. Börje hob die Fernbedienung, um weiterzuschalten, stellte stattdessen jedoch versehentlich lauter, woraufhin wir den Reporter rufen hörten: »Gordon Hart forty-nine, not out!« Anschließend verschwand das Kricketspiel und wir wurden zu einem Dressurreiten in Deutschland versetzt, das niemand sehen wollte. Stattdessen versuchten wir, den Bescheid des Kricketreporters zu deuten. Seine Worte mussten wohl bedeuten, dass sie gewonnen hatten, dass ihr Typ namens Hart nicht rausgeflogen war, schlug Harry vor. Börje und ich murmelten unsicher irgendetwas, womit sich das Thema erledigt zu haben schien. Doch dann geschah es. Das Orakel murmelte.

»Hart still batting to-morrow.« Eine leise, aber deutliche Stimme aus dem Inneren des grünen Zelts. Gefolgt von einem kurzen Glucksen, als hätte er etwas Lustiges gesagt. Das hatte er ja auch. Im Grunde waren wir erschüttert, aber das Wortspiel dämpfte den Schock ein wenig. Im nächsten Moment wurde uns bewusst, dass Monte nicht aus Lateinamerika stammen konnte, da dort kein Kricket gespielt wurde. So wenig, wie man dort Englisch mit indischem Akzent sprach. Ich machte ein paar unbeholfene Versuche, mit dem Unsichtbaren ins Gespräch zu kommen, die jedoch unbeantwortet blieben. Monte sprach nie mehr zu seiner Umgebung. Ein paar Tage später starb er.

Nach seinem Tod erzählte Angela uns, dass er von den Nikobaren stammte, einer indischen Inselgruppe, die seit zweitausend Jahren von mongolischen Kolonisten bevölkert wurde und vom Tsunami 2004 weitgehend zerstört worden war. Als größten Kenner ihrer fortgespülten Kult- und Kulturgegenstände hatte man Monte mit einem Assistenten nach Europa geschickt, um die von den Nikobaren stammenden Ausstellungsstücke, die in europäischen Museen eingelagert waren, zurückzufordern oder doch wenigstens zu fotografieren. Auf der Reise von Wien nach Stockholm hatte ihn eine tödliche Krankheit ereilt, man wusste nicht welche; daher das Getuschel um den weitgereisten Patienten.

Er starb nachts, und am Morgen, als Doktor Jan Möller – der unsympathischste unserer selten gesehenen Ärzte – gerufen wurde, um den Tod festzustellen, spielte sich eine Szene ab, die großen Eindruck machte, vielleicht nicht unbedingt auf den Doktor, aber auf mich und die übrigen Anwesenden. Ein Krankenpfleger, den wir den Hulk nannten, rollte den toten Monte, der unter seinem Laken verborgen lag, hinaus. Möller blieb am Fenster stehen und sah den beiden mit seinem teilnahmslosen, »professionellen« Blick hinterher. Als das Gespann zwischen Harry und mir passieren wollte, tat Harry etwas Verblüffendes. Er versuchte sich aufzurichten, um dem Toten am Kopfende des Betts stehend die letzte Ehre zu erweisen. Er schaffte es nicht ganz, er wankte und musste sich hinsetzen. Aber alle hatten seine Geste wahrgenommen, die in unserem tristen Zimmer doch sehr schön war. Der Doktor wirkte zunächst verblüfft, zog dann jedoch eine kleine professionelle Grimasse. Der Hulk blieb, ebenfalls verblüfft, einen Moment vor Harrys Bett stehen, begriff aber zumindest, dass etwas Bemerkenswertes vorging, das sah ich ihm an. Ich hätte gerne die gleiche Eingebung gehabt wie Harry, aber das war leider nicht der Fall. Der verlebte alte Penner erfüllte die Anforderungen an einen Gentleman; der Doktor und wir anderen nicht.

Seine schlichte, jedoch so mühsame Geste freute und rührte mich zutiefst. Es freute mich nicht zuletzt, dass mich die Krankheit noch nicht zu egozentrisch gemacht hatte, um mich von ihr rühren zu lassen. Aber im Grunde überraschte mich, was ich gesehen hatte, nicht, es passte zu Harry. Es gab etwas anderes an ihm, das mich umso mehr überrumpelte, aber es war so schnell vorüber, dass ich es zunächst nicht begriff. Als er sich mit einer Bewegung, die ihm schwer zugesetzt haben musste, in sitzende Position drehte, glitt ein Ärmel seines Nachthemds über den Ellbogen hoch und entblößte eine große, blaurote Narbe in der Armbeuge, wie von einer Brandwunde, vielleicht war es auch nur ein Muttermal. Sie bedeckte die Beuge und etwa zehn Zentimeter um sie herum, und als Harry reflexartig den Arm einknickte, um sie zu verbergen, wurde die verfärbte Haut wie eine Ziehharmonika in Falten gelegt. Es war ein heftiger visueller Schock. Ich dachte nichts, es ging direkt in den Körper: ein Vorbote der Auslöschung, die uns erwartete, der Vernichtung durch Feuer.

Diese Szene, in der so viel geschah, war binnen weniger Sekunden vorüber. Der Tote mit seinem rätselhaften Charisma war fort, der Doktor schlich wortlos zu seinem Computer. Und Börje? Er verzog keine Miene, aber die Tränen liefen. Er hatte verstanden, und ich selbst verstand endlich, dass er nicht irgendwer war. Sein unscheinbares Äußeres und den etwas flapsigen Jargon hatte ich als Konformität gedeutet, meine Vorurteile hatten mich irregeleitet. Unter der Spieler- und Biertrinkerfassade war er womöglich der sensibelste und – wie ich später erkannte – mit Sicherheit der Unglücklichste von uns dreien in Zimmer 5.

Montezuma bekam zu meiner Linken keinen Nachfolger. Das war in gewisser Weise ganz in Ordnung, machte mich aber auch wütend, da ich monatelang hatte warten müssen, bis ich aufgenommen und operiert wurde, wegen Platzmangel, wie man mir mitgeteilt hatte. Ich fragte einen der Ärzte danach, aber auf Fragen dieser Art bekommt man hier keine ehrlichen Antworten.

Ich weiß noch, wie ich mich fühlte, als ich aus der Arztpraxis am Sveavägen trat, nachdem ich den entscheidenden Befund bekommen hatte. Lange stand ich auf dem Bürgersteig vor dem Hauseingang und sah den Verkehr vorüberziehen und all die ausdruckslosen Gesichter und begriff nicht, dass dies mir widerfahren war. Eine andere Gefahr war erst kürzlich vorbeigezogen und die kleinen Sorgen hatten wieder ihren Platz eingenommen, als wäre nichts passiert oder fast passiert. Da, genau in diesem Moment, schlug die Katastrophe aus einer völlig anderen Richtung kommend zu, aus der ich nicht mit ihr gerechnet hatte. Anschließend begann mein Warten auf die Operation, und erst als sich mein Zustand deutlich verschlechtert hatte, ja schon hoffnungslos geworden war, wurde ich in diese Klinik aufgenommen. Doktor Hansson operierte: schnitt auf, warf einen Blick hinein und nähte wieder zu. Es war nichts zu machen, das konnte ich mir denken, auch wenn Hansson es nicht ausdrücklich sagte. Er tat das Richtige, finde ich. Und geriet unverzüglich in einen Konflikt mit Möller, dem Stationsarzt, der anderer Ansicht war und meinte, der Patient habe auch in hoffnungslosen Situationen »das Recht auf«, wie er sagte, »alle zugänglichen Informationen«. Er kam zu mir, als ich aus der Narkose erwacht war, und begann, buchstäblich stehenden Fußes, mir einen Vortrag zu halten. Ich stoppte ihn. Ich will keine Prognosen hören, erklärte ich, die angeben, wie viel Zeit mir statistisch gesehen bleibt. Als ich noch gerettet werden konnte, hatte das Krankenhaus keinen Platz oder keine Zeit für mich. Jetzt will ich mit meinem Sterben in Frieden gelassen werden und so lange es eben geht von dem kleinen positiven Zweifel leben, den es trotz allem gibt. Das mag irrational sein, ist aber gut für die Seele. Geben Sie mir nur Morphium, wenn ich darum bitte, dann bin ich zufrieden. Ich werde nicht unnötig darum bitten.

Ich meinte, was ich sagte, und war froh, noch zu leben. Eine postnarkotische Euphorie, falls man das so nennt, spielte sicher auch eine Rolle und legte mir die trotzigen Worte in den Mund. Aber vor allem hatte sich mir beim Aufwachen ein wundervoller Anblick geboten; ich werde auf ihn zurückkommen.

Möller sah ein bisschen enttäuscht aus, und verärgert. In seiner ärztlichen Autorität beschädigt. Seit er den Raum betreten hatte, war er meinem Blick nicht begegnet, auch jetzt nicht. Er schaute hartnäckig auf sein Notebook, als er erwiderte, dass ich es sicher so empfand, weil ich mitgenommen war. Meine Meinung höchstwahrscheinlich jedoch ändern würde. Seine Art reizte mich, aber nach wie vor heiter und bestimmt bat ich ihn, bis auf weiteres alles, was ich »empfand«, als eine Tatsache zu betrachten und zu respektieren. Er schlug sein Notebook mit einem Knall zu und verließ schnellen Schrittes den Raum. Ich hatte mir einen Feind gemacht, den letzten, wie sich zeigen sollte. Es entging mir nicht, dass mein Standpunkt als die Furcht betrachtet werden konnte, der Wahrheit ins Auge zu sehen, der Wahrheit über den größeren Feind. Es war die unsensible Art des Mannes, die mich provoziert hatte, seine Verachtung für den kleinen Menschen, der nur »Gefühle« hatte und »informiert« werden musste. Nicht zu seinem eigenen Besten, sondern um das Pflegepersonal zu entlasten und damit er nicht mit irgendwelchen besonderen Anstrengungen rechnete, die über die normale Standardbehandlung hinausgingen.

Doch wie ich schon sagte, nicht einmal Möller konnte ernsthaft ein bleibendes Glücksgefühl stören. Eine ganze

Weile vor seinem Kommen, als ich aus meinem Dämmerzustand erwachend zum ersten Mal die Augen öffnete, bot sich mir ein hinreißend schöner Anblick; ich bezweifelte, dass er wirklich war. Dicht über mich gebeugt saß eine dunkle Frau, dunkeläugig, dunkelhaarig. Ich konnte sie anfangs nicht als Krankenschwester oder Ärztin identifizieren, sie trug nicht den üblichen weißen Kittel, sondern etwas Dünneres, Körperbetonteres. Meinen trüben Augen fielen ihre Schultern auf; sie drehte den Körper ein wenig, als wollte sie eine bequemere Sitzposition finden – keineswegs verführerisch, aber dennoch so, dass deren ergreifende Zerbrechlichkeit betont wurde. Ich hätte nicht schöner erwachen können, aber war ich wirklich wach und lebte? Wahrscheinlich, denn sie begann, sich um mich zu kümmern, zupfte das Kissen zurecht, nahm meine Hand und lächelte mit freundlichen Augen.

»Angela«, sagte sie. »Entschuldigen Sie, dass ich nicht angeklopft habe.«

Das war natürlich ein Scherz. Sie lächelte noch mehr.

»Wenn man wie Sie ist, braucht man das nicht.« Die Worte kamen ganz von selbst und erstaunten mich. Leider klang meine Stimme etwas belegt, die Vokale waren nicht, wie sie sein sollten.

Sie hob die Augenbrauen und lachte. »Schlafen Sie noch etwas«, sagte sie. »Der Arzt schaut dann später vorbei.«

»Angela«, murmelte ich. Aber sie war schon aufgestanden und aus meinem Blickfeld verschwunden, das sich erneut trübte. Ich schlummerte ein.

Das war im Aufwachraum gewesen, in dem ich alleine lag. Am nächsten Tag wurde ich auf Zimmer 5 verlegt.

Dort lag ich jetzt. Meine Tage waren sicherlich gezählt, aber nach meinem Gespräch mit »Dschingis Jan« (wie Harry ihn nannte) hoffte ich, mich nicht weiter mit der Mathematik beschäftigen zu müssen, die in ihrem Rahmen und der »Quacksalberkunst« (wieder Harry) bestimmt korrekt war. Ich hatte mir jedoch in den Kopf gesetzt, diesen Rahmen zu erweitern, indem ich mich möglichst wenig für den Krankheitsverlauf interessierte und stattdessen auf das Endziel konzentrierte, das ja für alle gleich war. Der junge Mann, der sich um die Bücherausleihe für Patienten kümmerte, und mir weit mehr half, als man eigentlich von ihm verlangen konnte, bestärkte mich in meinem Vorsatz. Er hieß Georg und zog mit einem Wagen voller Bücher durch die Stationen, Bücher aus der Stadtbücherei, die man, durchaus ermutigend, einen ganzen Monat ausleihen konnte. Georg war ein Enthusiast. Auf die Seiten seines Wagens hatte er kleine Spruchbänder geklebt, »Zurück zur Kultur« und »Film ist am besten als Buch« las ich auf zwei von ihnen. Als ich mich ein wenig erholt hatte, griff ich dankbar nach zwei seiner Bücher, die Auswahl war ziemlich anspruchsvoll und ärgerte sicher eine Reihe von Patienten, die verständlicherweise leichtere Lektüre haben wollten (die er übrigens auch anbot, wenn auch sparsamer). Auch mir ging es anfangs darum, der freudlosen Situation, dem hässlichen Zimmer, den Krankenhausgerüchen, der ganzen Atmosphäre zu entfliehen.

Kaum hatte Georg seinen Wagen hinaus gerollt, als ich mich auch schon in Tolstois Kriegsnovellen vertiefte, die ich nie zuvor gelesen hatte. Die beinahe quälend gesteigerte Visualität erinnerte an meine Morphiumträume, und in den kurzen Phasen, in denen ich genügend Kraft hatte, las ich weiter und fand ein paar Tage später jene Passage in »Sewastopol im Mai«, in der die Erlebnisse eines Soldaten im Augenblick seines Todes geschildert werden, die Bilder, die vorüberziehen, während er noch glaubt, nur leicht verletzt zu sein und aufzustehen versucht – in Wahrheit ist er sofort tot gewesen: »Ein Splitter mitten in die Brust hatte ihn auf der Stelle getötet.« Diese Vorstellung, diese Phantasie vom lang gezogenen Todesaugenblick veränderte mein Leben, kann ich sagen, jedenfalls das bisschen, was davon noch übrig war. Sie bescherte mir einen neuen Blickwinkel darauf, was es hieß, zu sterben, und eine letzte Aufgabe im Leben: Ich wollte versuchen, nicht nur den Augenblick des Todes in die Länge zu ziehen wie Tolstois Soldat – sofern ich denn überhaupt die Chance dazu bekam und nicht im Schlaf starb –, sondern die gesamte Strecke bis zu jenem Augenblick. Und wie sollte das gehen? Nun, beschloss ich mit dem aufgeschlagenen Buch vor mir auf der Decke, ich würde mich dem Feind zugleich stellen und vor ihm fliehen, indem ich, soweit Kraft und Zeit es zuließen, alles aus den Bereichen Dichtung, Kunst, Philosophie, Anthropologie und Religion zu diesem Thema verschlang – nur kein Wort über die körperlichen Realitäten, von denen ich tagtäglich mehr als genug bekam; ich hatte mich noch nie für meine Eingeweide interessiert und war nicht gewillt, jetzt damit zu beginnen.

Die Hoffnung auf ein solches Leseprogramm war in mir geweckt worden, als Georg eines Tages wissen wollte, ob wir besondere Wünsche hätten. Innerhalb von zwei Tagen, erklärte er, könne er besorgen, was wir haben wollten, jedenfalls in angemessenen Grenzen (und über sie hinaus, wie sich zeigen sollte), und zwar nicht nur aus der Stadtbücherei, sondern auch aus anderen Bibliotheken. Er hielt sein Versprechen. Wenn ich heute auf diese Wochen zurückblicke, die der allerletzten Zeit vorausgingen, bin ich mir einigermaßen sicher, dass mein Freund Georg und seine Leistungen mir ein längeres und auf jeden Fall leichteres und besseres Leben bescherten.

Wichtiger als die Lesefrüchte selbst und die Gedanken, die sie freisetzten, war sicherlich, dass die Monotonie durchbrochen wurde und etwas anderes geschah als Blutproben, Toilettenbesuche, gelegentliche Visiten und Mahlzeiten, die kaum genießbar waren. Es entging meinen Zimmergenossen nicht, dass ich immer aufgekratzter wurde, je mehr ich über den Tod las. Auch wenn ich mich hütete, ihnen Vorträge zu halten, musste ich mir doch die eine oder andere spitze Bemerkung gefallen lassen, aber auch kurze neidische Blicke: Ich schummelte nicht nur, ich kam damit auch noch durch.

Doch ich will meine Fortschritte nicht übertreiben. Meiner Laune taten die Studien gut, für meinen Körper waren sie dagegen eine Belastung und ich konnte jederzeit in einen Dämmerzustand verfallen, mehr oder weniger tief, in dem die Traumszenen einsetzten, die häufig ihren Stoff aus dem bezogen, was ich soeben gelesen hatte. Manchmal traten auch Birgit und Angela als freundliche Schutzgeister auf und erinnerten mich so daran, dass es ohne sie und ihre wunderwirkende Droge weder Lesefreuden noch Traumtheater gegeben hätte – die Schmerzen hätten mich übermannt und völlig ausgeschaltet. Diese Parallelwelt war es, für die ich nun lebte. Weil die reale so trostlos und kärglich war. Am besten waren die Sekunden, in denen ich mit Hilfe einer frischen Spritze den Wachzustand verließ und in den anderen Zustand hinüberglitt. Nie war die Welt so reich, so gewaltig wie in diesen Schlummerbildern. Sie dehnte sich weit über das hinweg aus, was wache Augen überblicken konnten, endlose Ausblicke auf neue Landschaften, ungeahnte Formen der Natur. Und im nächsten Moment ein Bild aus nächster Nähe von einer Tierhaut oder einem Gesicht mit Poren und Falten. Wüste Erschütterungen und Sprünge, da kam das Ich nicht mehr mit. Es hinkte hinterher und verschwand. Darin lag das halbe Glück.

Ich will nicht ungerecht sein. Auch in wachen Phasen gab es Unterbrechungen in der Tristesse und Mutlosigkeit. Da gab es natürlich Georg, aber vor allem gab es Birgit und Angela, wenn sie sich die Zeit nahmen, sich mit uns zu unterhalten; wir sahen sie keineswegs nur als Schmerzlinderinnen, sie waren mehr als das; die letzten Ziele unserer Sehnsucht. Man kann die Hoffnung verlieren, den Appetit, die Lebenskraft, das Sehvermögen und das Gehör. Aber der erotische Trieb bleibt einem, er ist das letzte, was stirbt. In dieser Hinsicht wussten die Schwestern alles über uns vom Tode gezeichneten Männer, und sie verwalteten ihr Wissen mit großer Zärtlichkeit und viel Taktgefühl.

Weniger lebensspendend, aber dennoch eine willkommene Abwechslung waren zwei Besuche von Geistlichen – ein Mann und eine Frau –, und man konnte nicht sagen, dass sie sich einem aufdrängten. Wir plauderten gerne eine Weile mit ihnen. Die Psychologin, die einmal auftauchte, war sicherlich auch eine ganz vortreffliche Person, aber wir stoppten sie, in aller Freundlichkeit, schon an der Tür, nachdem ich meine Zimmergenossen darüber aufgeklärt hatte, dass die Psychologen hier nicht der Schweigepflicht unterlagen. Dann lieber die Geistlichen, vor allem Börje war interessiert. Als Erstes besuchte uns ein junger Pfarrer der schwedischen Staatskirche in einem Trainingsanzug und Joggingschuhen, um den Hals sah man einen Rundkragen – glaubte ich jedenfalls, bis ich entdeckte, dass es ein weißes Unterhemd war, das unter dem Hemd herauslugte. Verschiebungen in den natürlichen Proportionen des Körpers deuteten auf Bodybuilding hin; sie waren allerdings diskret im Vergleich zum Hulk, dessen geschwollene Oberarme die Schultern gleichsam verschluckt hatten. Ein durch und durch moderner Pfarrer also, ein Sportpfarrer, und modern war auch sein Ansatz. In seinen riesigen Händen trug er drei Bücher, die er routiniert an uns verteilte.

»Das ist die Neuübersetzung des Neuen Testaments«, verkündete er stolz. »Moderne Sprache. Die Sprache, die wir tagtäglich benutzen. Jedenfalls fast.«

»Protest«, murrte ich. Nicht weil ich den Mann verletzen wollte, aber das reizte mich immer. »Bisher ist es doch ein sakraler Text gewesen. Göttliche Sprache, nicht die Worte, die wir tagtäglich in den Mund nehmen.«

Er machte gute Miene. »Natürlich gibt es unterschiedliche Auffassungen. Aber wir werden ja wohl kaum ein theologisches Seminar abhalten. Was ich Ihnen anbieten möchte, ist ein Gespräch unter vier Augen für jeden, der das Bedürfnis danach verspürt. Vielleicht kann man eine schwierige Situation gemeinsam klarer betrachten. Ich erläutere Ihnen gerne die christliche Sichtweise, dann können Sie anschließend entscheiden, ob Sie sich weiter unterhalten möchten.«

Das schien ja aller Ehren wert zu sein. Aber Harry las Zeitung und wollte nicht gestört werden. »Vielen Dank auch, aber für mich kommt das nicht in Frage. Es ist zu spät, um jetzt noch mit so was anzufangen. Der Sünder hier wird einschlafen und nie mehr erwachen.«

»Zu spät ist es nie. Aber es ist Ihre Entscheidung.«

Harry nahm seine Zeitungslektüre wieder auf. Das Gespräch war beendet.

»Ich denke da wie Harry«, sagte ich etwas freundlicher als dieser. »Ist man sein ganzes Leben Freidenker gewesen, sollte man so viel Selbstachtung haben, daran festzuhalten. Sie können für sich eine fröhliche Ewigkeit irgendwo in ferner Zukunft erwarten. Aber ich, ich stehe hier auf der Schwelle zur großen Nacht und kann einfach nicht an eine andere Ewigkeit glauben. Für mich führen diese letzten Tage oder Wochen dazu, dass alles endet. Das einzige Leben ist vorbei. Da wägt man seine Worte ab. Ist man gläubig wie Sie, verliert der Tod seine Tragik. Er wird banal. Nur eine Passkontrolle. Für mich lautet die frohe Botschaft anders: Nur wer frei von Illusionen lebt, ist wirklich frei.«

Es war lange her, dass ich so viel auf einmal gesagt hatte. Es klang wie ein Schwanengesang, ein bisschen zu pathetisch.

»Was Sie da sagen, klingt stoisch und schön«, begann der Pfarrer (der nie seinen Namen nannte). Aber Börje unterbrach ihn, er war immer dann am gesprächigsten, wenn er jemanden unterbrechen konnte.

»Machen Sie sich keine Gedanken um diese Heiden!« Er war Feuer und Flamme, als witterte er die Chance zu einer Wette. »Nette Heiden, aber trotzdem. Ich bin weder nett noch Heide, aber ich habe Angst und will mit einem Pfarrer sprechen. Und ich schäme mich nicht dafür.«

Die Miene des Pfarrers erhellte sich ein wenig kleingläubig. Er tat gut daran, seine Zweifel zu haben, denn seine Freude währte nur kurz. »Sie sind bestimmt in Ordnung und verstehen was von der Sache«, fuhr Börje etwas vorsichtiger fort, »aber am liebsten würde ich mit jemandem von der katholischen Kirche sprechen und in deren Bibel lesen. Können Sie dafür sorgen? Der Papst segnet Trabrennpferde. So etwas beeindruckt einen alten Totospieler.«

Jetzt senkte Harry die Zeitung und ließ sein eigentümliches Lachen hören, ein hartes und abgehacktes Lachen, in dem es möglicherweise Freude gab, die jedoch tief innen saß. Unser junger Gast sah in seinem Overall plötzlich müde aus wie nach einer langen Trainingseinheit, bei der es auf dem Heimweg stetig bergauf gegangen war. Aber er war auch im Geiste ausdauernd.

»Ich glaube kaum, dass sie Krankenbesuche abstatten, wenn man nicht ihrer Kirche angehört. Warten Sie, wir haben da eventuell einen Katholiken auf der Station. Wenn er denn kein Muslim ist. Er ist jedenfalls, na ja, ich weiß nicht –«

»Ein Kanake?«, sagte Harry und lachte weiter.

»Ja. Ich werde die Schwestern fragen. Was war noch? Ach ja, deren Bibel stammt, ein bisschen modernisiert, aus der Zeit Karls XII. Ein Schwede von heute benötigt ein Wörterbuch, um sie lesen zu können. Außerdem ist einiges falsch übersetzt. Aber es stimmt, sie hat einen erhabenen Ton. Was Sie hier ja angesprochen haben. Möglicherweise ist es bessere Literatur. Aber die Botschaft wird dunkler.«

»War das womöglich Absicht? Es gibt der Botschaft ihren Nimbus.« Ich konnte es einfach nicht lassen. Aber warum eigentlich.

Er ignorierte mich. »Aber sicher, ich kann Ihnen bestimmt eine solche Bibel besorgen. Wir können uns gemeinsam einige Textstellen ansehen, falls der Pater uns im Stich lässt.«

Das war schon anständig von ihm und kostete ihn sicher ein wenig Überwindung. Aber es war besser, als rundweg abgewiesen zu werden wie von Harry und mir. Trotz allem ein kleiner Erfolg in Zimmer 5.

Der offenbar jedoch nicht ausreichte, denn er kam nie wieder. Vielleicht entdeckte er, dass er sich im Hinblick auf die Bibel geirrt hatte. Die Katholiken hatten Karl XII. am Ende doch noch aufgegeben. Wie ich das irgendwann erfuhr? Durch Georg natürlich.

Besagtes Gespräch fand statt, als Monte noch lebte. Ich bin mir ziemlich sicher, dass seine Gegenwart hinter dem grünen Vorhang Harry und mich so schroff abweisend auf den Pfarrer und seine Alltagsreligion reagieren ließen. Wir waren halb abwesend, horchten auf etwas anderes, einen stärkeren Einfluss, der, wenn auch unsichtbar, ganz nah war.

Den nächsten Besuch eines Geistlichen, diesmal eine Frau mittleren Alters, bekamen wir eine Woche später, als Monte uns verlassen hatte und wir auf unserem Zimmer nur noch zu dritt waren. Möglicherweise deshalb und weil es eine Frau war, entwickelte sich alles ganz anders.

Sie stürzte sich sofort auf Börje. »Anna-Britta«, sagte sie. »Hallo Börje. Ich habe mir sagen lassen, dass Sie ganz scharf auf Glücksspiele und Wetten sind. Da habe ich einen Tipp für Sie. Der französische Denker Pascal stellte sich vor, man könnte um die Existenz Gottes wetten. Wenn man darauf setzt, dass es ihn gibt und gewinnt, streicht man den Jackpot ein. Verliert man, hat man trotzdem nichts verloren. Ich kenne die Details nicht, das ist nicht meine Art von Christentum, am besten lesen Sie es selbst. Wenn Sie möchten, bitte ich Georg, Ihnen das Buch auf Schwedisch zu bringen.«

Börje wirkte verblüfft, aber auch begeistert, und ich war ein bisschen eifersüchtig, weil ich nicht selber darauf gekommen war. Pascal war nichts für mich, aber bei Börje war das natürlich ein Volltreffer. Ich war zu sehr mit meinen eigenen Studien beschäftigt gewesen.

Im nächsten Moment geriet Börje ins Wanken. Ich nahm an, dass ihn der Gedanke abschreckte, Philosophie zu lesen, und er von Anna-Britta, die ihm offenbar gefiel, lieber eine Gebrauchsanweisung wollte. Aber ich hatte ihn einmal mehr unterschätzt. Sein Zögern hatte einen völlig anderen Grund.

»Dann machen wir es so«, sagte Anna-Britta, die Börjes gemischte Gefühle ebenfalls falsch gedeutet hatte. Sie war unübersehbar zufrieden mit ihrem Besuch, immerhin war sie weiter gekommen als ihr Kollege.

»Was ist eigentlich aus Ihrem Kollegen geworden?«, erkundigte ich mich. »Und Börjes katholischer Bibel?«

»Wir sind ein richtiges Team hier im Sterbetrakt. Entschuldigen Sie, das soll man ja eigentlich nicht sagen.« Sie errötete und blickte erschrocken zur Tür.

»Damit kommen wir schon klar«, erwiderte Harry. Er war an dem Tag guter Dinge. »Schlimmer ist die Sache mit der Bibel Karls XII. Da sind wir pingelig.«

»Wie auch immer, wir sind zu mehreren und wechseln uns ab. Ich werde versuchen, diese alte Bibel aufzutreiben. Bis dann.«

Sie ging mit einem Lächeln und war immer noch rot. Wir waren sehr zufrieden mit ihr. In unserer Monotonie war sie ein Ereignis. Börje, dachte ich, der die Wette darum, wer am längsten lebt, praktisch schon in der Tasche hat, er ist doch noch jung und stark. Jetzt sieht er die Chance, einen noch größeren Gewinn einzustreichen. Was für ein Fischzug. Ich freute mich für ihn, weshalb sein erster Kommentar mich völlig überrumpelte.

»Um die Existenz Gottes wetten … Aber mein Problem ist doch nicht die Existenz Gottes, an die habe ich immer geglaubt. Die Frage ist doch, ob er an mich glaubt und mir ewiges Leben schenkt. Die Wette interessiert mich. Aber ich habe nicht das Herz gehabt, das einem so feinen Menschen wie Anna-Britta zu sagen. Sie kann mir bestimmt beistehen, wenn es soweit ist.«

Dann änderte sich seine Laune unvermittelt; das war sein Charme.

»Natürlich nur, wenn ihr sie nicht verjagt habt. Mit eurer Gottlosigkeit. Man stelle sich vor, was für hässliche alte Knacker, denkt sie bestimmt. Keine Religion …«

Darüber lachte er längere Zeit leise. Harry ließ sein lautstarkes Lachen hören, das mehr von seinem Charakter enthüllte als die bissigen Bemerkungen, die er so gerne zum Besten gab. Kein Zweifel, Börje und Harry war geholfen worden. Seit ich ins Basislager gekommen war, hatte ich sie noch nie so lebhaft und scheinbar schmerzfrei gesehen.

»Also«, sagte ich, als wir genug gelacht hatten. Das Bedürfnis, die Fröhlichkeit noch etwas länger währen zu lassen, lag in der Luft. »Also schön, ich schlage euch eine Wette vor. Oder vielmehr das, worüber Börje gesprochen hat, ehe wir uns halb totgelacht haben. Lasst uns ums ewige Leben wetten. Frei nach Pascal. Börje, der daran glaubt, gegen Harry und mich, die nicht daran glauben. Was meint ihr?«

»Und der Einsatz?« Sie sagten es fast gleichzeitig.

»Glaube und Unglaube. Wir wetten um die Süße des Sieges. Wenn Börje gewinnt, jubelt er in seinem Himmel, während Harry und ich in der brennenden See gekocht werden.«

»Und wenn ich verliere?«

»Das ewige Leben. Das ist alles, was du verlierst. Wir gewinnen, dass uns diese widerliche Ewigkeit erspart bleibt.«

»Okay. Ich bin dabei.«

»Harry?«

»Aber immer. Ziehung in ein oder zwei Wochen. Rechnet mit mir.«

Und wir lachten wieder. Aber es war ein anderes, gedämpfteres Lachen.

Unsere Freude währte nur ein paar Stunden. Dann folgte ein negatives Ereignis, von dem ich nun erzählen werde.

Die Zeit, die es dauerte, hätte ich – rückblickend – lieber auf der Toilette verbracht; dort zu sitzen war übrigens meine Hauptbeschäftigung in diesem Stadium meiner Krankheit, das ganze Leben schien aus Kloschmerzen zu bestehen. Niemand hätte sich über meine Abwesenheit gewundert, wenn ich mich auch jetzt zurückgezogen hätte. Es war wohl ungesunde Neugier, die mich gegen meinen Willen aufhielt.

Was geschah, war, dass Börje Besuch von seiner Familie bekam, die sich wahrlich nicht als solche benahm. Die drei Angehörigen tauchten völlig überraschend auf – aber nicht, weil es für Börje besonders schön sein würde, überrascht zu werden, sondern weil seine Frau, sie hieß Linda, es nicht für nötig befunden hatte, ihn oder das Personal vorzuwarnen. Vor diesem unerwarteten Auftritt war ich davon ausgegangen, dass er Junggeselle war, eine Familie hatte er nie erwähnt und obwohl er trotz einer gewissen Bierröte und dem Netz aus feinen Fältchen, die das Ende ankündigten, ansprechend aussah, fiel es mir leichter, ihn im Kreise seiner Kumpel auf der Trabrennbahn Solvalla zu sehen als mit einer jungen Frau auf Djurgården. Aber jetzt waren sie also hier, Linda und zwei halbwüchsige Kinder, ein Mädchen und ein Junge. Es sollte ihr einziger Besuch bleiben, ein zweiter stand eindeutig nicht auf der Tagesordnung, denn es wurde erschreckend deutlich, dass sie ihn aufgegeben und aus ihrem Leben abgeschrieben hatten. Ebenso deutlich war die Distanz, die Gesunde instinktiv zu einem vom Tode gezeichneten Menschen halten, auch wenn dies normalerweise diskreter geschieht.

Sie setzten sich ein Stück vom Bett entfernt, an dessen Fußende, keiner von ihnen nahm seine Hand oder berührte ihn. Sie sahen ihn nur manchmal müde an, als wäre er etwas Fremdes und Beschämendes, »voll peinlich« waren die Worte, die ich in der Miene des Mädchens las. Kein freundlicher Blick, keine Hand auf seinem Arm oder seiner Wange, kein einziges Wort, bei dem es nicht um Geld oder etwas anderes Praktisches ging, um ihre alltäglichen Angelegenheiten, die nicht besonders dringlich zu sein schienen. Anfangs sprachen sie im Flüsterton, vergaßen jedoch schon bald, die Stimme zu senken. Börje verzog keine Miene und sah die meiste Zeit den Jungen an, einen Zehn-, Elfjährigen, der sich vor Unbehagen wand und einfach nur gehen wollte. Schließlich holte er ein Handy heraus und begann damit herumzuspielen. Seine Mutter sah ihn an und lächelte zum ersten Mal, es war ein verständnisvolles Lächeln. Wer hätte nicht lieber woanders sein wollen, besagte ihr Lächeln, statt hier bei diesem Verlierer zu sitzen, der sein Leben verspielt und seine Familie im Stich gelassen hat. Du hast es gut, du hast dein Handy, um die Zeit totzuschlagen. Aber ich? Ich? *Ich!*

Eine Viertelstunde später suchten sie ihre Sachen zusammen und gingen, ohne zum Abschied auch nur zu nicken. Das Mädchen machte Anstalten, sich in der Tür umzudrehen, um seinem Vater einen letzten Blick zuzuwerfen oder ihm sogar zuzuwinken, aber die Mutter zog es schnell außer Sichtweite. Daraufhin schloss ich, taktvoll oder feige, die Augen, um Börjes Gesicht in diesem Augenblick nicht sehen zu müssen. Als ich die Augen nach einer Weile wieder öffnete, sah ich, dass Harry tat, als würde er schlafen. In Börjes Richtung wagte ich nicht zu schauen, lange Zeit nicht.

Ich war Zeuge puren Hasses geworden, der meilenweit von jenen Streitereien über Kleinigkeiten entfernt war, wie sie in den meisten Familien üblich waren. Wodurch hatte ein scheinbar anständiger Bursche wie Börje solche Abscheu wecken können? Bestimmt war er abends oft nicht zu Hause gewesen, aber was war hier Ursache und was Wirkung? War seine Flucht in eine Männerwelt und nun unbewusst in Krankheit und Tod wirklich die Ursache für diesen kompakten Widerwillen? Oder war es vielleicht umgekehrt? Es mag sein, dass ich aus Sympathie für meinen Leidensgenossen übertreibe, aber diese Frau, Börjes Frau, war in meinen Augen einer dieser seltenen und unglücklichen Menschen, die so eiskalt sind, dass sie gleichsam in der Zeit eingefroren zu sein scheinen oder bereits tot sind – ihre Uhr ist stehen geblieben, sie verändern sich nicht, altern nicht. Sie sind wie jener eingeschlossene Bergmann in der Grube von Falun, der nach fünfzig Jahren geborgen wurde und unverändert geblieben war. Gedanken dieser Art drängten sich mir in diesem Moment auf, vielleicht ging es Harry genauso.

Was Börje dachte, wagte ich nicht einmal zu vermuten. »Komm zu mir, Geliebte, mein letztes Stündlein hat geschlagen!« Diese Worte würde er niemals an seine Lebensgefährtin richten können. Wer kann das zu einem Menschen sagen, der nicht mehr liebt, es vielleicht nie getan hat? Harry und ich würden in unserer letzten Stunde niemanden vermissen, weil wir niemanden hatten, den wir vermissten. Die Einsamkeit ist eine Art Betäubung, an der man am Ende Gefallen findet, und es ist leichter für einen alten Eigenbrötler, allein vor den endlosen schweigenden Räumen zu stehen, zu erschrecken und dort zu verschwinden, wie wir alle es doch am Ende tun müssen.

Die Horrorszene, die sich abgespielt hatte, war für mich sehr deprimierend gewesen, und Depressionen äußerten sich bei mir oft darin, dass ich einschlief. So auch diesmal (das änderte sich später leider). Als ich nach einem zweistündigen – ungewöhnlich traumlosen – Schlaf erwachte, merkte ich sofort, dass eine vollkommen andere Stimmung im Raum herrschte. Nach der menschlichen Katastrophe, von der ihm nichts entgangen war, zeigte Harry Börje gegenüber eine völlig neue Seite von sich. Er war jetzt ein fürsorglicher Freund, jedenfalls soweit seine eigene Invalidität dies zuließ. Mir gegenüber behielt er seine alte Bissigkeit, darüber hinaus war eine neue Kühle hinzugekommen, die ich zu verstehen glaubte.

Die Ereignisse dieses Tages und Harrys Sinneswandel bildeten den Ausgangspunkt für etwas, das bald eintreffen sollte: das große Ereignis und der Aufbruch aus dem Basislager. Wir alle brachen auf, schlugen aber verschiedene Wege zum Ziel ein.

Georg besuchte mich an einem Tag außer der Reihe. Sehr freundlich von ihm. Er brachte mir die beiden berühmten Totenbücher, das ägyptische und das tibetische, die seiner Meinung nach jeder lesen sollte, nicht nur Hospizpatienten, die sich orientieren wollten. Ganz so drückte er sich zwar nicht aus, aber es war mir von nun an klar, dass ihn das Thema mindestens ebenso beschäftigte wie mich. Behutsam fragte ich ihn, ob er ein regelrechtes Kurspensum für Menschen in meiner Situation entwickelt und auch schon anderen Patienten auf die gleiche Art geholfen habe. Er leugnete es nicht, deutete jedoch an, dass ich ein Sonderfall war. Wieso, dachte ich, fragte aber nicht nach. Später stellte sich heraus, dass ich in seinen Augen von einer extremen Todesangst besessen war, die ich vor ihm und der restlichen Umwelt nur mit Mühe bezwang. Vielleicht sah er tiefer als ich. Jedenfalls stellte sich heraus, dass er persönlich die Runde durch die Bibliotheken machte, um »rechtzeitig« (wie ihm einmal herausrutschte) die Bücher herbeizuschaffen, die sich nicht in seinem eigenen Revier befanden. Ich dankte ihm herzlich, er machte mir das Leben, das ich noch führte, wesentlich leichter. Bis auf weiteres.

Gleichzeitig erkannte ich, dass ich bei meiner Lektüre eher auf Flucht und Beschwörung als auf Wissen erpicht war. Ich verschlang die Gedanken anderer über den Tod, um nicht an meinen eigenen denken zu müssen, den ich so »in einer Untersuchung begrub«. Das war sicher nicht der schlechteste Gedanke, half einem auf die Dauer jedoch nicht gegen die Angst. Ebenso wenig wie, was manche taten, den Versuch zu machen, die Kontrolle über seine spezielle Krankheit zu übernehmen, indem man die Ärzte aushorchte und *sie* um Leseempfehlungen bat. Das hatte ich niemals versucht, denn es war ja nicht die Krankheit, auf die ich neugierig war, sondern das, was mich an ihrem Ende, jenseits des leidenden Körpers, erwartete. Auch wenn ich an der Antwort nie zweifelte: überhaupt nichts. Und ich verwahrte mich stumm, aber bestimmt gegen ein Zitat, das ich laut vorlas, um dem »gläubigen Börje« eine Freude zu machen: »Wer nicht an Gott und das Ewige Leben glaubt, der glaubt nicht an gar nichts, sondern an irgendwas.« Ich glaubte nicht irgendwas.

Die Natur meint, aus guten naturökonomischen Gründen, wenn es mit einem biologischen Individuum höherer Ordnung vorbei ist, sollte es ganz und gar und für immer vorbei sein. Es fällt mir schwer, etwas anderes zu glauben. Die großen Religionen wehren sich dagegen wie Kinder, die nicht schlafen gehen wollen; Regen und eine gute Ernte sind nicht mehr die Geschäftsidee, Leben und Lust nach dem Tod soll es stattdessen in der einen oder anderen Form sein, am liebsten als Lohn für gutes Betragen. Diese Verknüpfung war mir zu schlau und hielt mich auf Distanz von organisierter Religion.

Schon bald merkte ich, dass meine Beschäftigung mit dem Tod – will sagen dem Tod anderer und der Einstellung zum Tod – mir allmählich zu Kopf stieg. Überall sah ich Todessymbole, in allen Kulturen und Kunstarten, in der Sprache, in Sitten und Gebräuchen – nur nicht in meiner eigenen Vergangenheit, wo es mit Sicherheit nur so von ihnen wimmelte; dort wandte ich den Blick ab. Ich begriff durchaus mehr und mehr, dass die Vorstellungen vom Tod herzlich wenig mit dem Sterben als »erlebte« Tatsache zu tun hatten, dafür hat die Natur Sorge getragen. Na und? Das makabere Kabarett in meinem Gehirn verscheuchte schlimmere Gedanken, linderte meine Unruhe und schenkte mir Zerstreuung für den Moment. Ein leichterer Sinn – für den Moment. Sich lebendiger zu fühlen als der Körper, das war die Pointe an dem Ganzen.

Folglich durfte es nicht zu abstrakt werden. In dem Punkt enttäuschten mich die Tibeter, jedenfalls zu Anfang. Ihr Totenbuch wirkte zunächst schwammig und therapeutisch, voller neunmalkluger Verhaltensregeln, wie aus einer Frauenzeitschrift ausgeschnitten. Aber ich las mich ein und bekam mit der Zeit einen gewissen Respekt vor dem Buch. Besonders wichtig erschien mir, dass der Tod nach dieser Lehre nichts mit dem Ich zu tun hat, da es in den letzten Lebensmomenten des Menschen bereits aufgelöst ist – mitsamt der ganzen Scheinwelt, die es für sich errichtet hat. So so, aber mit was außer dem Körper hat es dann zu tun? Für mich war der Lauf der Zeit das eigentliche Fundament im Ich, und mit dem Tod endete beides. Wohin verschlug es also das Ich in den Augen des tibetischen Buddhismus, nachdem es sich zunächst im »Licht der Wirklichkeit« aufgelöst und daraufhin Licht in verschiedenen Farben und Visionen von »friedlicher und rasender Göttlichkeit« durchlebt hatte? Tja, das war die Frage, und der Kommentar bemerkte trocken, es sei Sache des Individuums, sich möglichst gut aus der Affäre zu ziehen. Als wichtige Hilfestellung auf seinem Weg sollte der Sterbende jedoch eingehend aufgeklärt werden: Jetzt stirbst du. Herzlichen Dank, aber das war zu sonderbar für einen simplen Abendländer im Endstadium.

Dem Ägyptischen Totenbuch fühlte ich mich näher. Auch hier ein Gewimmel von Gottheiten, aber im Gegensatz zu den tibetischen schienen die meisten von ihnen da zu sein, um dem Toten wirklich beizustehen, ihn für ein ewiges Leben am »himmlischen Nil« zu schützen und zu reinigen. Ein dämonisches Wesen, der schlangenförmige Apophis – »Drache der Dunkelheit« und Feind der Sonne –, bekämpfte aktiv die guten Kräfte; erfolglos, da die »Lichtkatze«, eine der Rollengestalten des Sonnengottes Re, ihm den Kopf abschnitt, sobald er etwas versuchte. Selbst die Kriegsgöttin Neith war eine beschützende Macht, Todesgöttin an Osiris' Bahre. Aber es gab zahlreiche Wege, die Krise des Todes hinter sich zu bringen und anschließend wiedergeboren zu werden, fünfhundertvierzig Totengötter waren tätig, wenn einem auch nicht alle wohlgesonnen waren, und die Sache ging meistens glücklich aus. Das war nun in der Tat ausgesprochen ermunternd und wurde zudem in großartiger fantasievoller Kunst gestaltet; nicht so kitschig und psychedelisch wie die tibetische. Unter den zahlreichen Tierinkarnationen weckte insbesondere der Falke mein Interesse, der die Seele des Toten darstellte und mit leichten Flügelschlägen über dem leblosen Körper des Verstorbenen rüttelte, während dieser darauf wartete, einbalsamiert zu werden. Natürlich, für die Ägypter war das Einbalsamieren eine fixe Idee, immerhin galt es, den himmlischen Nil intakt zu erreichen, aber warum nicht – lieber das, als zum Mond zu fliegen! Die Griechen, erfuhr ich, schöpften aus den magischen Quellen Ägyptens, der mythische Orpheus kannte die Osirismysterien und hüllte sich im Memphis der Götter in den »Mantel des Lichts«. Der Held Gilgamesch, der seinen Freund im Totenreich suchte, hatte Ahnen am Nil, und über ihn auch der schnellfüßige Achilles, der archetypische Held und junge Tote des Abendlands, der Sohn der Göttin Thetis, dessen Tod ihre innige Wiedervereinigung …

Irgendwo dort fiel mir das Buch aus der Hand, Birgit fand es auf dem Fußboden, während ich schlief. Es waren sehr heiße erste Septembertage, was für meine Lektüre und wache Phasen am Tag wenig förderlich war. Vielleicht als nächstes etwas Modernes, war mein letzter klarer Gedanke, vielleicht Cioran, den Georg bewunderte … Oder war es Canetti? Dann kam einer dieser Augenblicke, auf meinem Weg in den Schlaf, in denen ich das Gefühl hatte, in ein Bewusstsein einzutreten, das größer war als mein eigenes, erneut lag offen vor mir ein riesiges Blickfeld, das sich bis weit jenseits und vor meine Erfahrung im Leben erstreckte. Sekundenlang meinte ich das alles mit vergangenen Generationen zu teilen. Ich sah mit den Augen der Toten, sah ihre Sonne scheinen. Ein hinreißender Anblick und bis in jede Einzelheit überaus deutlich, auch wenn er schnell vorüberzog und verschwand. Sich selbst zu verlieren, um alles zu überblicken und an allem teilzuhaben – ich sollte es noch einige Male erleben dürfen. Aber es lag kein Gefühl von Stärke darin, es war nur ein passiver, leicht verwirrter Zustand. Ich war zu einer neuen Atmosphäre entführt worden und wusste, dass es nicht meine Krankheit war, die mir diese Erfahrung schenkte, sondern der Tod, das Ende, sein beharrliches Näherrücken.

Unmittelbar danach, übergangslos, folgte noch ein Revival, ein Traum, der im Laufe meines Lebens immer wieder aufgetaucht ist. Ich träume, dass ich meinen Vater anrufe, von dem ich weiß, dass er tot ist und den ich nie gesehen habe, und es meldet sich ein junger Mann, der er ist und noch keinen Sohn hat. Mein Leben hat noch gar nicht begonnen, denkt der Traum für mich, und trotzdem ist es jetzt vorbei. Dies heitert mich so eigentümlich auf, dass ich erwache.

Birgit stand mit meinem Buch in der Hand neben mir. »Sie haben die Decke weggestrampelt, Sie ungezogener Kerl«, sagte sie fröhlich. »Das haben Sie geschafft. Und Bücher werfen können Sie auch. Frieren Sie nicht ohne Decke?«

»Noch nicht«, antwortete ich schlaftrunken. »Es ist einfach nur schön. Ein herrliches Sterbebett in der Sommerwärme.«

Das fanden Birgit und die Jungs lustig, ich selbst aber merkte kaum, was ich da sagte. Sie lachten und ich lachte mit, ohne zu wissen warum. Doch die Heiterkeit endete jäh. Im Türrahmen stand ein Mann, der nicht lachte. Ich hatte ihn noch nie gesehen. Er war klein und hager, hatte glänzende dunkle Haare und trug eine gelbe, halblange Lederjacke. Er sah so unheilverkündend aus, dass unser Lachen abrupt verstummte. Er nickte Birgit zu, aber sie rührte sich nicht von der Stelle, erwiderte seinen Gruß nicht. Der Mann ließ den Blick durchs Zimmer schweifen, als suchte er jemanden. Oder nein: als inspizierte er einen Raum, um ihn zu leeren oder neu zu möblieren. Sein Blick verweilte kurz bei der leeren Stelle, die Montes Bett hinterlassen hatte, zu der noch kein neues gerollt worden war. Er schien irgendein Problem zu berechnen, seine kleinen, bläulichen Lippen bewegten sich mehrfach. Es war, als sähe er uns nicht. Dann nickte er für sich, diesmal nicht an die Krankenschwester gewandt, drehte sich um die eigene Achse und ging seines Wegs. Wir sahen Birgit fragend an, aber sie schnaubte nur kurz und verließ uns, ohne unsere Sorge zu stillen.

Kurz darauf sah ich durch die offene Tür noch jemanden, den ich bisher nicht gesehen hatte, eine Frau in weiß, die in Begleitung Möllers vorbeizog; ich hörte ihn »yes, yes« auf etwas antworten, das sie gesagt hatte. Eine deutsche Spezialistin auf Studienbesuch, erfuhr ich bald darauf. Und Spezialistin für was? Ja natürlich, für uns Sterbende. Eine Sterbeforscherin, eine Meisterin aus Deutschland. Damit hatten alle ihre Plätze für das Endspiel eingenommen, denn so sah ich uns manchmal, wie Figuren in einer Schachpartie.

Döste wieder. Ausgelaugt, an diesem Abend zu müde für mein Leseprogramm. Ein Gesicht ohne Blick kam mir nahe, berührte meine Wange. Dann andere Gesichter. Diese Schlummergesichter sind eigenartig, sie scheinen selbst zu schlummern. Ihre Augen sind geschlossen oder von einer weißen Haut überzogen, aber die Münder bewegen sich, ohne geöffnet zu werden, lächeln gelegentlich sogar, es ist, als sprächen sie nach innen, Bauchredner. Nie zweimal das gleiche Gesicht, immer eins nach dem anderen und mir völlig unbekannt, das einzige, woran sie mich erinnerten, waren römische Portraitbüsten und Reliefs, die ich kürzlich betrachtet hatte. Nun bekam ich fast täglich Besuch von diesen lehmfarbenen Gesichtern, die zumindest teilweise lebendig waren. War dies eine Vorwarnung, würde ich selbst eines Tages so aussehen, mit blinden Augen in meinen Körper hinein murmelnd? Dem Wachzustand etwas näher tauchte ein Bild aus dem Buch auf, in dem ich zuletzt geblättert hatte, es ging darin um den Tod in der Kunst. Es war eine griechische Skulptur aus Kyrene in Nordafrika, einfach, archaisch. Sie stellte Demeter dar, die Göttin der Fruchtbarkeit und des Todes und der Wiedergeburt. Ihr Marmorkörper war üppig und mütterlich, rank und schwer und mächtig. Sie trug ihr dichtes Haar kranzförmig hochgesteckt, aber statt eines Gesichts hatte sie nur eine glatte Fläche wie ein Blindfenster oder eine verschlossene Tür. Da hatte ich es also, mein bestes Bild vom Tod, es sagte mir mehr als Mumien und Totentänze und grinsende Schädel. Es war der Kreislauf der Natur, die mit derselben kühlen Gleichgültigkeit Leben schenkt und auslöscht. Dieses Gesicht ohne Züge, es war der Augenblick des Todes, die Begegnung mit dem Blindfenster, während einen die schrillen christlichen Vanitasbilder vor allem zu Zerknirschung und Ergebenheit einschüchtern wollten. So dachte ich in diesem Moment und war wacher als seit langem.

Ich wählte diese Demeter, sie würde mich mit ihrer mütterlichen Nachsicht in Empfang nehmen. Ich dachte auch an Birgit mit ihrer Mütterlichkeit und ihren lindernden Handreichungen, die mir so wichtig geworden waren. Ihre kräftige Gestalt war der meiner Göttin nicht unähnlich, aber glücklicherweise war sie lebendig und hatte ein Gesicht mit fröhlichen Zügen und eine helle Haarlocke, die ihr mädchenhaft in die Stirn fiel. Gleichzeitig gab es etwas Hartes und traurig Erfahrenes in ihrem Wesen, das ich auch bei der Göttin geahnt hatte, als ich sie betrachtete. Mitten durch dieses graue Nicht-Gesicht war die gleiche Magie einer in der Wirklichkeit verborgenen Macht tätig, die wir angesichts unseres Freundes Monte hinter seinem grünen Vorhang gemeinsam erlebt hatten. Die Gottheit, der Tod – wir sehen dieser Macht nie ins Gesicht, sie nimmt schemenhaft Gestalt an und ist dann rasch verschwunden. Und ich dachte an uns drei, die wir hier lagen und schon bald keine Gesichter, keine Körper mehr haben würden.

Eine Stimme in der Dunkelheit riss mich aus meinen Überlegungen. Harry sprach mich an, er hatte wohl gemerkt, dass ich wach war. Börje schnarchte; wenn ich Schmerzen hatte und nicht schlafen konnte, war dies ein großes Ärgernis, aber ich hatte nicht das Herz, etwas zu sagen, es hätte im Übrigen ja auch nichts genützt.

»Ich habe gerade ziemliche Schmerzen. Können wir uns ein bisschen unterhalten?«, sagte Harry. Seine Stimme war leise und gepresst.

»Sicher, aber hast du nach der Schwester geklingelt?«

»So weh tut es nun auch wieder nicht. Ich will nicht unnötig fixen.«

»Deshalb würde ich mir keine Sorgen machen.«

»Du hast gut reden, du hast ja auch clean gelebt.«

»Aber jetzt nicht mehr. Außerdem habe ich selber Schmerzen.« Das war natürlich glatt gelogen. »Ich rufe sie. Dann bekommen wir einen Schuss und unterhalten uns anschließend. Dann macht es mehr Spaß.«

»Nein danke, für mich nicht. Erzähl mir lieber was. Aus deinem cleanen Leben. Du brauchst nicht unterhaltsam sein.«

»Okay. Dann sollst du etwas ziemlich Schauerliches zu hören bekommen, das vor fast fünfzig Jahren passiert ist. Ich habe es bis heute noch nie erzählt, aber fast täglich daran gedacht. Es ist nicht mir passiert, aber ich habe gesehen, wie es passiert ist. Es war ein tiefer Stich in meine Seele. Ich träume immer noch davon, immer der gleiche Traum, es ist eher eine Zwangsvorstellung als ein Traum. Nur ganz kurz, in zwei Sekunden vorbei. Ich fliehe einen Waldhang hinauf zu einer verriegelten Baracke. Das ist alles. Aber was kenne ich sie gut, den Hang und das Haus auf der Kuppe.«

»Komm zur Sache. Action, please!«

»Warte noch kurz. Erst der Hintergrund. Wie ich vielleicht erzählt habe, vielleicht auch nicht, habe ich am Theater gearbeitet. In verschiedenen Funktionen. Als junger Mann war ich Schauspieler, hatte in Göteborg die

Schauspielschule besucht. Als Erstes bekam ich ein Engagement an einem kleinen Stadttheater. Das lief in der ersten Spielzeit nicht besonders gut, aber netterweise gab man mir ein Reisestipendium, ich sollte nach Paris gehen und Theater studieren; vielleicht wollten sie mich auch eine Weile loswerden und schauen, ob ich mich weiterentwickeln würde. Jedenfalls fuhr ich und hatte eine schöne Zeit da unten. Viele kunstinteressierte junge Leute lernten damals die Sprache, man trampte oft dorthin. Und bewunderte nicht zuletzt den französischen Film.«

»Ich weiß. Ich habe damals auch gelebt. Aber jetzt komm mal in die Pötte – bevor ich hier einschlafe, hätte ich beinahe gesagt.«

»Jetzt hast du dich verplappert. Du wolltest doch schlafen.«

»Ehe ich vor Spannung noch vergehe, meine ich. Im Bauch, wenn schon nicht woanders.«

»Dann erzähle ich jetzt weiter. Ich hatte meine Theatervorstellungen besucht und sollte heimreisen. Am letzten Tag wollte ich mal etwas anderes sehen, weshalb ich einen Ausflug nach Fontainebleau machte. Eine spontane Eingebung, ich entschied mich erst auf dem Bahnhof. Ich erinnere mich an die Fahrt durch den noch sommerlich grünen Wald, erinnere mich kaum an das Schloss und den Park, nur verschwommene Eindrücke. Dann ging ich in den Wald, den Wald von Fontainebleau, und dort, nach einer leeren Strecke von ein, zwei Kilometern, setzt die Erinnerung mit einer grauenhaften Schärfe ein, die nie verblasst ist. Ich ging mit meinen Rollenfantasien durch den schönen Wald und fühlte mich heimisch in der Welt. Dann ging sie plötzlich zum Angriff über und stieß mich aus meinen Zusammenhängen.

Ja Harry, ich werde zur Sache kommen. Es ist wohl an der Zeit. Aber ich merke, dass ich es mir am liebsten ersparen würde. Also gut, ich ging ein Stück abseits des Wegs auf einem Waldhang mit licht stehenden Ahornbäumen, genoss auf meine melancholische Art die Düfte und den Frieden. Da tauchen vor mir, etwa fünfzig Meter entfernt, plötzlich zwei Männer in meinem Blickfeld auf, sie kommen aus verschiedenen Richtungen und bewegen sich aufeinander zu, der eine schneller, sie verschwinden für Sekundenbruchteile hinter den Stämmen. Ich kann nicht hören, dass einer von ihnen etwas sagt oder grüßt, sie fixieren einander nur; mich sehen sie nicht. Dann höre ich einen Knall, sehe weder eine Waffe noch einen Arm, der gehoben wird, weiß nicht, wer schießt, aber der Mann, der mir am nächsten ist, fällt zu Boden und bleibt regungslos liegen; der andere entfernt sich mit ausgreifenden Schritten den Hang hinab, den er mit ausgestreckten Armen pariert, und verschwindet außer Sichtweite – wie ich hoffe, ohne mich gesehen zu haben. Ich gehe langsam zu dem Gestürzten, er hat ein dunkles Loch in der Stirn, er ist tot. Ein Meisterschuss, ist mein erster Gedanke. Ich habe einen Mord gesehen, denke ich danach. Eine Waffe kann ich nirgendwo entdecken, ein ehrlicher Kampf war das nicht. Der Tote hatte nicht die geringste Chance.

Niemals habe ich mich so hoffnungslos einsam gefühlt wie in diesem Moment. Der eben noch so freundliche Wald war auf einmal ein Totenreich. Ein nordisches Totenreich, war das Gefühl, das mich überkam. Die kahlen Stämme, das graue Licht, die karge Vegetation. Still wie zuvor, aber eine andere Stille.

Weg von dem Toten, war mein nächster Impuls, und weg von dem Mörder. Hektisch und stolpernd eilte ich im Laufschritt zur Kuppe des Hangs hinauf, wo ich erstaunt ein Gebäude erblickte, einen flachen Pavillon oder eine Baracke von der Art, wie man sie für soziale Zwecke errichtet. Vielleicht ein Jugendzentrum oder ein Klubhaus – das war es besser gesagt früher einmal gewesen, denn als ich verwirrt und schockiert, mit dem Gedanken, Schutz zu suchen, falls der Mörder zurückkehren sollte, näher heranging, entdeckte ich, dass es ein leeres Gehäuse war, das ganze Gebäude war mutwillig zerstört worden, teilweise ausgebrannt, alle Fensterscheiben eingeschlagen, das Innere lag offen, war leer und dunkel. Nur eine halbe Stunde zuvor war ich durch das Schloss von Fontainebleau flaniert, das so überbordend eingerichtet, so schwülstig und herausgeputzt ist, und nun war ich zurück in der modernen, der wirklichen Welt. Aber gleichzeitig so hoffnungslos und verzweifelt ausgeschlossen von ihr.«

Man hörte ein Grunzen aus dem Bett gegenüber.

»Wie gesagt, ich lausche gespannt. Aber kannst du dich ein bisschen kürzer fassen?«

»Ich kann nur auf meine Art erzählen. Den Rest kann ich dir auch ein anderes Mal erzählen. Hast du große Schmerzen?«

»Ja. Aber mach einfach weiter.«

»Danke. Ich wollte gerade sagten, dass ich dort allein und ausgeschlossen stand und in eine Welt hineinblickte, in der gerade ein mir unbegreifliches Ereignis eingetreten war. Ich allein wurde sein Zeuge, obwohl niemand mehr ein Außenstehender sein konnte als ich. Es kam mir vor, als hätten die beiden dort unten, das Opfer und sein Mörder, irgendwie einvernehmlich gehandelt, als hätten sie eine Filmszene eingespielt. Ich war allein und unsichtbar, existierte nicht in ihrer Welt. Sie waren in der Welt, ich war außerhalb und unwirklich. Hätte ich mich zu erkennen gegeben, auch wenn es zu spät gewesen wäre, um den Mord zu verhindern, wäre ich in die Wirklichkeit zurückgetreten und wieder Mensch gewesen. Verstehst du mich?«

»Ein toter Mensch wärst du geworden. Das nächste Opfer. War es eine Abrechnung unter Gangstern?«

»Ich weiß es nicht. Dafür schienen sie mir zu alt zu sein. Und gekleidet wie Kleinbürger. Ich dachte eher, dass es etwas mit dem Algerienkrieg zu tun hatte. Frankreich stand damals doch kurz vor einem Bürgerkrieg. Viele Morde und Attentate. Gruppen und Kontragruppen, die sich gegenseitig infiltrierten. Wie auch immer, die Sache hat mich all die Jahre gequält. Ich verriet den Toten und meine Verantwortung als Mitmensch. Ich hätte anzeigen müssen, was ich gesehen hatte. Aber ich war zwanzig, hatte Angst und wollte nach Hause. Das ist alles, was ich zu meiner Verteidigung vorbringen kann.«

»Mir reicht es. Hast du nichts Schlimmeres auf dem Gewissen?«

»Doch, doch. Aber das hier hat sich tiefer festgesetzt. Wahrscheinlich, weil es sich so sehr von allem anderen in meinem Leben unterscheidet. Unvergleichlich ist. Es steht da wie ein Monolith und wirft seinen langen Schatten. Ein bizarres Erlebnis, sicher. Aber – vielleicht gerade deshalb – unerbittlich.«

»Überspannt, mein Junge. Wenn du mich fragst, hast du das Richtige getan. Not guilty. Und jetzt gute Nacht.«

»Es gibt eine Fortsetzung. Aber die muss warten. Gute Nacht.«

»Ich kann es kaum erwarten.« Er seufzte und sagte nichts mehr in dieser Nacht.

Wenn man die Umstände bedenkt, fiel seine Ironie recht gutmütig aus. Schlimmer war, dass er mich nicht verstanden hatte, das machte mich traurig. Ich wusste, was Schmerz heißt, aber meine Jugenderinnerung, für mich so traumatisch, war in Harrys Augen eine Bagatelle im Vergleich zu der persönlichen Katastrophe, die ihn selbst aus der Bahn geworfen hatte.

Dieses Gespräch, und ein weiteres, das ich gleich wiedergeben werde, hatten wir kurz vor der Begebenheit geführt, die das Ende unseres Basislagers bedeutete.

Möglicherweise lag Harry richtig, er hatte einen guten Riecher. Meine Fixierung auf die Fontainebleaugeschichte hatte etwas Überspanntes und Ungesundes. Und wie gesagt, ich hatte schlimmere Dinge auf dem Gewissen. Sie hatten alle den gleichen Charakter von Versäumnis, Unterlassung, moralischer Zerstreutheit. Es gab eine Bequemlichkeit anderen Menschen gegenüber – wenn mich nicht die Leidenschaft trieb –, vor der ich nicht die Augen verschließen konnte. Drei meiner engsten Freunde haben sich das Leben genommen. Das sind viele. Das wirft einen dunklen Schatten. Einen von ihnen hätte ich möglicherweise davon abhalten können, jedenfalls für den Moment, aber er war wahrscheinlich der einzige, der nicht davon abgehalten werden wollte. Einmal floh ich vom Sterbebett eines Freunds, ich hielt es rein körperlich nicht mehr aus; ich wurde von jemandem abgelöst, aber es war nichtsdestoweniger erbärmlich. Am Sterbebett meiner Mutter schlief ich ein – die Medikamente hatten sie zwar in eine tiefe Betäubung versetzt und sie kam, möchte ich glauben, nie mehr zu Bewusstsein. Wie es scheint, suche ich bis zuletzt nach Ausflüchten, und all das hält ein Bild von mir hoch, das jetzt, da ich in den Ausdünstungen meines eigenen unerbittlich fortschreitenden Verfalls liege, nur schwer erträglich ist.

Trotzdem setzt mir jenes ferne Ereignis in dem fremden Wald, in diesem »nordischen Totenreich«, am meisten zu. Je mehr ich darüber nachdenke, desto seltsamer ist es. Die Version, die Harry zu hören bekam, war gekürzt, das hatte er ja gefordert, und deshalb verschaffte mir mein Bekenntnis keine wirkliche Erleichterung, ich musste weiter grübeln. Bislang bin ich so weit gekommen, und vielleicht werde ich nicht weiter kommen, dass meine anderen Unzulänglichkeiten menschlich waren, meine Reaktion, meine Panik angesichts jenes Mordes und des Ermordeten jedoch etwas anderes war. Wie soll ich das nun erklären? Es ging weniger um Schuldgefühle, als vielmehr um das Gefühl, ausgeschlossen zu werden. Harry bekam ein bisschen darüber zu hören, wollte es aber nicht verstehen, er hatte mit einem anderen Schmerz und einer anderen Schwärze zu kämpfen. Nun gut, als ich vor fünfzig Jahren dort im Wald stand und es geschehen sah, ohne etwas zu unternehmen, *ohne zu reagieren*, wurde ich in meinen eigenen Augen zu einem Ding. Ich war nicht länger menschlich, kein Teil des Menschengeschlechts mehr. Ich war ein Zeuge, aber so kalt und passiv in meiner Gegenwart wie die Bäume und der Hang und das spärliche Grün; gemeinsam schwiegen wir und wappneten uns angesichts des menschlichen Dramas. Es stimmt, dass ich Angst hatte, selbst getötet zu werden, und hätte ich mich bemerkbar gemacht, wäre es unter Umständen auch dazu gekommen, aber rationale Entschuldigungen können einer tiefen Überzeugung nichts anhaben, der moralische Impuls geht dem Gedanken voraus. Harry gegenüber schob ich das andere in den Vordergrund, meine Unterlassungssünde, das Verbrechen nicht anzuzeigen, was zwar mein konkretes Vergehen, aber banal und nachvollziehbar war; ich wollte mir schlicht und ergreifend das Umbuchen der Heimreise und Ärger mit den Behörden ersparen. Die vage Furcht, als Verdächtiger verhaftet zu werden, spielte sicher auch eine Rolle.

Alles nachvollziehbar, und darum ging es ja auch gar nicht bei diesem Trauma, wenn ich es so nennen darf, sondern darum, worauf ich gerade eingegangen bin. Und nun erkannte ich schließlich, was ich immer geahnt hatte: dass ich es im Grunde nicht verlieren wollte. Ich wollte diesen bösen Traum, ausgestoßen zu sein, als die finstere Urszene in meinem Leben als Erwachsener nach der Belanglosigkeit der Kindheit behalten. Aus dem schwarzen Punkt im Zentrum des Totenreichs habe ich Nahrung geschöpft, wie sich die Schatten im Hades aus der blutgefüllten Grube auf Persephones Wiese stärkten. Diesen bösen Traum zu bewahren, seine Schale nicht zu sprengen und es der Wirklichkeit nicht zu gestatten, ihn zu verdünnen; das hat mir unbewusst den Weg gewiesen, unbewusst bis jetzt.

Oh ja, ich bin seither noch viele Male in Paris gewesen. Auf Liebesreisen und in Theaterangelegenheiten. Einmal stand ich im Gare de Lyon und betrachtete den Zug nach Fontainebleau. Aber etwas hielt mich vom Einsteigen ab.

Ein einziges Mal kam Harry auf meine Geschichte zurück. Plötzlich sagte er aus heiterem Himmel, gleichsam mitten in einem Gedankengang: »Was du da erzählt hast, du hättest dich ausgeschlossen gefühlt, als du den Toten verraten hast, wie du gesagt hast – was soll man denn dann über mich sagen, der ich im Großen und Ganzen mein Leben lang dafür gesorgt habe, ausgeschlossen zu sein. Hast du daran mal gedacht?«

Das hatte ich nicht. Ich hatte ihn als ein Opfer gesehen, obwohl er eine Entscheidung aus freiem Willen angedeutet hatte. Ich fühlte mich ertappt und wollte schnell die Stimmung heben. »Ich nehme an, dass du dich gegen eine bestimmte Lebensform entschieden hast. Apropos, in einer von Georgs Schwarten habe ich über eine Theorie gelesen, in der man die Entwicklungslehre auf den Kopf gestellt hat und meint, dass alle, die mit der Gesellschaft gebrochen haben, die stärksten Menschen gewesen sind. Die Leute, die sich nicht um Geld, Anpassung und Familie geschert haben.«

»Oh scheiße. Dann ist das Geld also der Trost des Schwachen?«

»Exakt.«

»Na ja. Ich habe wohl eher mit mir selbst als mit der Gesellschaft gebrochen. Ein lang gezogener Selbstmord, könnte man sagen.«

»Eine Katastrophe im Privatleben?«

»Die mich über Bord gespült hat. Stimmt genau.«

»Aber du hättest einem Menschen, ob nun tot oder lebendig, niemals den Rücken gekehrt. Ihn nicht liegen gelassen. Das habe ich getan.«

Er kommentierte meine Worte nicht. Diesmal hatte er mich verstanden. Und war ziemlich zufrieden. Glaube ich. Ich war mir bei ihm nie ganz sicher; er sollte mich übrigens sehr bald komplett überrumpeln. Und das war gut so.

In der schwer lastenden Stille nach meiner letzten Bemerkung ließ ich den Blick durch den Raum schweifen. Ich betrachtete Börje, Harry, meine eigenen Arme und Hände. Mit den scharfen Zügen und ausgemergelten Körpern, die uns die Krankheit verliehen hatte, sahen wir aus wie alte, struppige Käfigvögel, die jeden Gedanken an die Welt jenseits der Gitterstäbe aufgegeben haben. Und die waren wir wohl auch, bereit, von der Stange zu plumpsen und zwischen den Müll gelegt zu werden.

Aus dieser düsteren Betrachtung rettete mich eine Eingebung. Mir wurde endlich klar, was wir drei außer unserer erbärmlichen Verfassung gemeinsam hatten. Es war eine bittere Erkenntnis, aber sie kam so plötzlich, dass sie trotzdem im Grau aufleuchtete. Uns vereint, dachte ich, dass jemand, den wir liebten, aufgehört hat, uns zu lieben. Das war der Punkt, ich war mir sicher. In dem Moment blieb für uns alle die Zeit stehen, nicht nur für Börjes Frau Linda, die ich so pharisäerhaft für tot erklärt hatte. Wenn man nicht mehr geliebt wurde, half es einem nicht, weiter zu lieben; die Kälte kam schleichend und die Zeit blieb stehen. In allem Wesentlichen war man bereits tot.

Ja, so war es wohl, ich sah es ein, konnte der Situation jedoch nichts abgewinnen. Ich war in dieser Zeit alles andere als resigniert. Je enger ich Bekanntschaft mit dem Tod in der Literatur schloss, desto heftiger wehrte ich mich in der Wirklichkeit gegen ihn. Ich hatte Angst. Ich wollte möglichst lange leben, wollte keinen »würdevollen Tod« mit Hilfe der »vollen Dosis«, jedenfalls nicht, so lange kleinere Dosen die Schmerzen in Schach halten konnten. Wenn ich in meinem Leben von ganzem Herzen geliebt hatte, dann hatte ich, als einen lieblichen Geschmack auf der Zunge und ein Schluchzen tief in der Brust, in meinem Inneren gelegentlich Todessehnsucht verspürt. Doch nun, da der Tod ein Feind war, der einbrach, ein Eindringling, fühlte ich mich verraten und wehrte mich erschrocken.

Und jetzt eilten mir Liebeskräfte zu Hilfe – was von ihnen geblieben war. Schwester Angela trat in mein ausklingendes Leben, sie war meine letzte Liebe. Eigentlich hatte ich sie mir für die Zeit aufheben wollen, in der wir uns näher kamen, aber sie war für jeden von uns dreien in Zimmer 5 so wichtig, dass ich sie nicht mehr für mich behalten kann. Sie war – das habe ich bestimmt schon gesagt – nicht nur der Lichtblick in unserer Misere, sie war die Quelle, die uns nach Gefühlen dürstende Schattengestalten am Leben erhielt und unseren kraftlosen Körpern einen letzten Rest männlicher Würde schenkte. Unsere Gefühle wurden nicht erwidert, natürlich nicht, das bildeten wir uns auch gar nicht ein. Aber sie wurden freundlich aufgenommen und akzeptiert, und das war ein großer Trost.

Angela war es, die, ohne dies selbst zu erkennen (möglicherweise erkannte sie es aber auch), die eigentümliche Kulmination und das Finale herbeiführte, das unserem Leben im Basislager ein Ende setzte. Ich habe bereits erwähnt, dass Harry und ich ein neues Bild von unserem Freund Börje bekamen, als wir seine grässliche Familie und diese Linda erlebten, die mit den Worten der Bibel nun wirklich »bitterer als der Tod« war. Zumindest dürfte ihr vom Tode gezeichneter Mann sie so empfunden haben. Harry bezeugte seine Sympathie durch diverse Fürsorglichkeiten, soweit dies von einem ans Bett gefesselten Mann zum anderen möglich war, unter anderem, indem er mit Autorität dem Personal gegenüber Börjes Interessen vertrat, wenn dieser mit der Verzagtheit des kleinen Angestellten angesichts des »Regelbuchs« nicht wagte, sich durchzusetzen. Doch das war eine vorübergehende Phase, nach ein paar Tagen setzte eine neue ein, Harry wurde einsilbig, lag still mit geschlossenen Augen, warf manchmal jedoch einen Blick auf Börje, der ebenfalls schwieg und die meiste Zeit zu schlafen schien. Mich hatten sie anscheinend vergessen, aber ich hatte ja meine Bücher, in letzter Zeit eine dicke Abhandlung über den Tod, die mir meine Freunde in Frankreich auf meine Bitte hin gesandt hatten, nachdem Georgs Suche ausnahmsweise vergeblich geblieben war. Das Buch fesselte mich, ließ mich darüber hinaus munterer werden und ich spürte deutlich, dass sich in unserem Zimmer etwas auflud, eine ansteigende Spannung bei Harry. Irgendetwas bahnte sich an und wollte heraus, und dann, eines Abends, passierte es. Ich sah ihn gespannt den Schritten der Nachtschwester lauschen, die im Korridor verklangen. Anschließend setzte er sich halb auf und sagte mit lauter Stimme:

»Es wird Zeit, den Hintern hochzubekommen!«

Börje und ich sahen uns, voller Mitleid, an. Schüttelten unsere müden Köpfe.

»Wir geben eine Party für Angela. Hier in unserem Zimmer. Und sehen zu. Sehen Angela essen. Trinken. Sich den Mund abwischen.«

Ein erotisches Projekt. Ich war eifersüchtig, aber trotzdem ziemlich begeistert. Und zwar nicht, weil ich vorhatte zu essen, auch wenn ich noch ein bisschen knabbern konnte, während die anderen künstlich ernährt wurden. Aber wer sollte das Festessen für Angela organisieren? Sie selbst?

Diese Frage stellte ich, aber sie ging im allgemeinen Jubel unter. Noch lebten wir! Endlich ein bisschen Trotz und Vitalität. Und Harry hatte seinen Plan gut durchdacht. Er basierte darauf, dass Angela von Zeit zu Zeit die Nachtwache übernahm, wenn aus dem Personalpool sonst niemand Zeit hatte.

Und die Sache schien zu klappen. Fröhlich und vorbehaltlos nahm Angela die Einladung an, als Harry sie aussprach – flüsternd, obwohl ansonsten keiner vom Personal im Raum war. Die Einkäufe übernahm sie gern, man sah ihr an, dass die Sache sie amüsierte, diverse kalte Delikatessen, die sie eingehend mit uns diskutierte, wenn die Luft im Korridor rein war. Wie ließen uns nicht lumpen, jeder gab das Gleiche. Alle schienen zufrieden, aber in Börjes Augen entdeckte ich auch ein wenig Angst.

Nun galt es nur noch, auf eine Lücke im Nachtdienstplan zu warten, damit Angela einspringen konnte. Die Lücke kam, und Angela kam, am 18. September um acht Uhr abends, als sie ihren Dienst antrat. Eine Zeit ungeduldigen Wartens, bis es abendlich still wurde auf der Station – diese Stille, die man sonst bisweilen so beklemmend fand – und wir endlich glücklich allein waren mit unserem Idol. Sie hatte die Schwesterntracht abgelegt und ein blaues Kleid angezogen, dunkelblau mit weißen Punkten. Sie nahm den kleinen Tisch am Fenster, stellte ihn mitten ins Zimmer zwischen unsere Betten und deckte den Tisch. Kaviar – wir hatten auf Kaviar bestanden –, Lachs, marinierte Wachteln, schließlich Schokoladentorte mit Kaffee, den sie aus der Teeküche holte. Die Getränke hielten nicht das gleiche Niveau, sie wollte nicht gegen das Alkoholverbot verstoßen, wofür wir Verständnis hatten. Sie wusste genau, worauf es uns ankam und bediente sich mit wollüstigen Bewegungen und kleinen zufriedenen Seufzern; es war eine schöne Vorstellung, die das Herz eines alten Theatermanns erwärmte. Wir lagen halb aufgerichtet in unseren Betten um sie herum und lebten in jedem Bissen mit, starrten mehr auf Angela als auf das Essen, das uns außer als Erinnerung kaum noch etwas sagte. Was Harry und Börje empfanden, konnte ich allerdings nur raten, mir aus ihren Mienen erschließen, was sich schon bald als trügerisch erwies. Ich sollte erkennen, wie grundsätzlich falsch ich sie eingeschätzt, sie unterschätzt hatte.

Nachdem sie zufrieden ihr Stück Torte verdrückt und mit Kaffee herabgespült hatte, bedankte sie sich herzlich und erklärte, in den nächsten Stunden arbeiten zu müssen. Ich fand zwar, dass die Zeitangabe ein bisschen unnötig war, achtete aber nicht weiter darauf. Anschließend fügte sie noch hinzu, ich, Hasse, solle mir schmecken lassen, was mir von den Resten der Mahlzeit bekomme.

»Und was ist mit Börje und mir, was sollen wir tun?« Harry klang seltsam angespannt. »Zugucken und ihn anfeuern?«

»Wartet mal.« Sie hatte eine Idee. »Ich rolle euch ein bisschen näher heran, sodass ihr um den Tisch liegt. Ums Lagerfeuer sozusagen. Das macht es viel gemütlicher.«

»Aber wenn jemand kommt?« Börje war wieder einmal ängstlich.

»Es kommt keiner«, sagte unsere letzte Liebe. Und dann ging sie. Mit einem letzten warmherzigen Blick von der Tür, der vor allem den beiden anderen galt, wie mir schien.

Habe ich etwas vergessen? Ja, eins habe ich verdrängt. Als sie die Betten umgestellt hatte, strich sie Harry und Börje, mir dagegen nicht, über die Wange. Außerdem bekamen wir alle unsere Spritze für die Nacht.

Hätte ich verhindern können, was dann geschah? Sicher hätte ich das. Da lagen wir nun also zu Tisch wie die alten Römer, und ich begann mir vorsichtig das eine oder andere vom Essen zu nehmen, es war von allem noch ziemlich viel da. Ich nahm eine Messerspitze Kaviar, eine Scheibe gepökelten Lachs …

Plötzlich stand eine Flasche Wodka auf dem Tisch. Ich sagte nichts. Niemand sagte etwas. Ich aß weiter, immer langsamer, kleine Bissen Lachs, kaute sorgsam und lautlos. Vermied es, sie anzusehen, es herrschte große Anspannung. Dann legte ich Messer und Gabel weg. Im nächsten Moment höre ich zuerst und sehe dann Harry, und nach einer Sekunde des Zögerns auch Börje nach einer Wachtel greifen und einen großen Bissen abbeißen. Wir alle wissen, was das bedeutet.

Und sie machen weiter. Erhöhen das Tempo. Irgendetwas inspiriert sie, leuchtet aus ihren Gesichtern. Harry reicht Börje die Wodkaflasche, damit dieser den Drehverschluss öffnet, er hat mehr Kraft in den Händen. Anschließend nehmen beide ein paar Schlucke direkt aus der Flasche.

»Du verlierst die Wette«, sage ich lahm zu Börje, wage ihn jedoch nicht anzusehen. Und verstumme.

Sollte ich protestieren? Mit der Faust auf den Festtisch schlagen und ihnen die Flasche abnehmen? Angela rufen? Aber Angela ist hiermit wohl einverstanden.

Oder soll ich mich ihnen anschließen? Das ist der Druck, den ich jetzt am stärksten spüre, den Druck der

Kameraden. »Trinken macht die Augen hell.« Im Pathos des Fests und des Rausches vereint zu sein, triumphal aus dem Basislager aufzubrechen. Eine letzte Handlung, eine letztes Aufflackern von Courage.

Nein. Dazu war ich nicht bereit. Außerdem wollte ich nicht essend sterben. Oder trinkend. Die mir verbliebene Vitalität war nicht zum Sterben gedacht, ich wollte noch eine Weile mitmischen. Ließ ich sie folglich im Stich? Ja, es war der klassische Verrat unter Jungen, auf einmal bekam man die Rolle des Langweilers, als jemand, der schon ein kleiner Erwachsener war und sich nicht traute. Außen stehend, ausgeschlossen – wieder einmal. Sie waren bereits in ihrer Welt verschwunden, aßen und tranken hemmungslos, sahen mit dem Schleier des Rausches vor den Augen zufrieden, beinahe ausgelassen aus; Angela musste ihnen eine ordentliche Dosis verabreicht haben, eine größere als meine – vielleicht sogar »die volle Dosis«, doch das war ein Gedanke, den ich augenblicklich verdrängte. Ich war nicht länger einer von ihnen, es schien, als wäre ich überhaupt nicht im Raum. Übrigens sagten sie auch zueinander nicht viel, grölten ein wenig und lachten über etwas, was nur sie verstanden.

Ich saß in meinem Bett und sah zu. Der Abstand zwischen uns wurde schnell größer und ich wurde ruhiger. Diesmal ließ ich niemanden im Stich. Ich war nicht zerstreut und träge, ich respektierte ihren Entschluss. Er war reif und gut begründet und vielleicht hätte ich ihrem Beispiel folgen sollen. Aber ich war nicht eingeladen.

Sie hatten ihre Mahlzeit beendet und lagen reglos auf dem Rücken, Hand in Hand, Harry hatte seinen Arm ausgestreckt. Sie waren bei Bewusstsein, sprachen jedoch nicht. Beide hatten die Augen geschlossen, schienen keine Schmerzen zu haben, ihre Züge waren ruhig. Börje murmelte etwas, es klang wie »Nimm an«, vielleicht auch »Nimm mich an«. Dann war alles stumm und still. Es sah angenehm aus in der Ewigkeit, welche es auch immer war.

Ich wartete noch etwas, bis ich Angela rief, lag mit der Hand auf dem Knopf da und betrachtete die beiden. Sie hatten gleichsam die Rollen getauscht. Börje war gealtert und sehr ernst und Harry war jetzt der jüngere Mann, der erleichtert wirkte; vielleicht hatte er die Wette gewonnen. So sahen sie aus: Verändert zu ihrem wahren Ich, hoffte man, zu dem Ich, vor dem sie im Leben geflohen waren. Es war schön, sie so zu sehen, im Ziel. Ich gönnte ihnen einen solch perfekten Abgang.

Aber ich fühlte mich zurückgelassen und wollte mit den Toten nicht allein sein. Also drückte ich den Knopf. Sie kam praktisch sofort, als hätte sie nur auf das Signal gewartet. Sie blieb eine Weile ein paar Schritte entfernt stehen und betrachtete die beiden. Dann nahm sie ihren Puls.

»Es ist vorbei.«

Sie schob die Betten an ihren Platz zurück, holte einen Müllsack, in dem die Reste der Mahlzeit verschwanden, wischte überall, bis nichts mehr zu sehen war. Nur die

Flasche ließ sie auf Börjes Tisch stehen; sie war fast leer. Anschließend setzte sie sich auf meine Bettkante und sah mir in die Augen, es war ein traurig schöner Blick.

»Ich muss jetzt den diensthabenden Arzt rufen. Du weißt, was wir sagen müssen.«

»Du kannst dich auf mich verlassen, Angela. Wenn jemand fragt, werde ich von einem Besucher erzählen, einem Spielertypen, der eine Tüte für Börje dabei hatte, falsch verstandene Freundlichkeit. Ich weiß nichts darüber, was heute Abend passiert ist, denn ich habe den gerechten Schlaf des Todkranken geschlafen. Klingt das gut? Die Flasche solltest du vielleicht beiseite schaffen.«

»Nein, warum sollte ich? Die war doch der Gnadenstoß, und wenn sie obduzieren –«

»Natürlich, du hast recht. Aber bleib noch einen Moment sitzen, bevor du anrufst. Halte meine Hand. Es waren feine Kerle.«

Dort lagen meine letzten Kameraden. Ich hatte das Gefühl, mich nun endgültig in die weibliche Sphäre zu begeben. Und als nähme diese mich in der Person Angelas in Empfang. Sie warf mir einen intensiven, gleichsam bestätigenden Blick zu. Dann holte sie ihr Handy heraus und tippte die Nummer ein, während sie zur Tür hinaus eilte.

Die beiden Todesfälle, zur gleichen Zeit und im gleichen Krankenzimmer, erregten kein spürbares Aufsehen. Ich war verblüfft, soweit mich überhaupt noch etwas verblüffen konnte. Kein Mensch wollte von mir wissen, ob ich etwas Ungewöhnliches gesehen oder gehört hatte.

Eines Tages, als ich allein in dem leergeräumten Zimmer lag – nur ich und mein Bett waren noch da –, wurde ich Zeuge eines erneuten Besuchs des Manns in der gelben Lederjacke. Zeuge ist das richtige Wort, denn er besuchte wieder nicht mich, einen einfachen Patienten, sondern das Zimmer, die Örtlichkeit. Ich hatte geglaubt, dass ich Gesellschaft von zwei oder drei ebenso Schwerkranken bekommen würde, die lange in der Warteschlange gewesen waren. Als ich jedoch den Mann wiedersah, verließ mich der Mut, denn ich ahnte, dass er andere Pläne hatte. Vielleicht entwickelte man in meiner Situation einen sechsten Sinn. Noch stärker als beim ersten Mal spürte ich die Ausstrahlung eines bösen Wesens, das kam, um sich seine Beute zu sichern. Das Wort Lemur tauchte aus meinen Studien auf: Wie ein Lemur, affenhaft und todbringend, stand er in seinem Lederding und mit seinen glänzenden Haaren auf der Türschwelle und ließ gleichsam selbstzufrieden den Blick über das fast leere Zimmer, nein, die Räumlichkeit schweifen.

Ja, für ihn war es bereits leer, das sah ich, seine kalten Augen schienen meine Gegenwart ausschließlich als Teil des Konzepts »Bett-mit-Patient« wahrzunehmen. Bis zum letzten Augenblick, als er mich flüchtig von oben bis unten musterte. Das war wirklich unangenehm, es kam mir vor, als nähme er meine Maße für den Sarg. Dann machte er eine kurze Kopfbewegung, als hätte er soeben eine Entscheidung getroffen, und entfernte sich.

Am Tag darauf wurde ich in ein Einzelzimmer am hinteren Ende des Korridors verlegt, das von allen nur das Todeszimmer genannt wurde. Dorthin gerollt wurde ich von Angela persönlich; sie wollte mich in diesen Tagen wohl ein bisschen genauer im Auge behalten, damit ich mich unter dem Einfluss des Morphiums nicht verplapperte. Sobald wir in meiner neuen Wohnstatt ungestört reden konnten, erzählte sie mir, dass es keine Untersuchung geben werde, so als wäre überhaupt nichts passiert.

»Aber müssen sie nicht obduziert werden? Ist das nicht gesetzlich vorgeschrieben?«

»Doch, aber sie haben vorgesorgt und schriftlich eine Obduktion verweigert. Ein solches Dokument bleibt gültig, so lange keine verdächtigen Umstände vorliegen. Und niemand findet, dass hier welche vorliegen. Folglich wird der Wille unserer Freunde respektiert und die Sache ist aus der Welt.«

»Wie gut. Ich meine für dich. Aber ist das nicht doch ein bisschen seltsam?«

»Nein. Es geht um Geld. Jetzt können sie ein Zimmer leeren und schließen und haben kein Interesse daran zu untersuchen, auf welchem Weg das möglich geworden ist.«

»Diese Schriftstücke, wann sind die aufgesetzt worden?«

»Oh, das war, bevor du gekommen bist. Börje hat Gewissensgründe angegeben. Religiöse. Und Harry – ja, was hat er noch geschrieben? Ungefähr, dass sein Leben so kaputt gewesen ist, dass er wenigstens ganz und in einem Stück beerdigt werden will. Aus dem gleichen Grund hat er außerdem verboten, dass man ihn verbrennt.«

»Good old Harry. Aber woher weißt du das alles?«

Jetzt lächelte Angela. »Ich habe ihnen beim Kopieren geholfen.«

»Das hast du. Ich glaube, du wirst mir auch helfen müssen. Schon bald.«

Das Gespräch verwirrte mich einigermaßen. Ich bekam eine neue Seite von Angela zu Gesicht. »Wenn ich dich recht verstehe«, tastete ich mich behutsam vor, »läuft alles darauf hinaus, Personal einzusparen. Könnte es nicht auch dich treffen?«

Sie warf mir vom Fenster aus, an dem sie stand, einen sehr kurzen Blick über die Schulter zu. »Nein. Bis jetzt jedenfalls nicht.« Sie sagte dies gleichsam beiläufig, so als hätte sie eigentlich etwas anderes sagen wollen. Aber es kam nichts anderes.

Bevor sie ging, zu etwas Dringendem, das offenbar schon wartete, deckte sie mich mit besonderer Sorgfalt zu. Dies besänftigte meine Sorge und meine Verwunderung sofort. Das gelang ihr immer. Bis zuletzt.

Ich lag in meinem neuen Zimmer und dachte an die Handlung aus Protest und Triumph zurück, deren Zeuge ich geworden war, und die zusammen mit den handelnden Personen bereits in Vergessen und Stille verschwunden war. *Per aspera ad acta*, wie mein alter Lateinlehrer einmal über unsere Aufsätze sagte. Harry und Börje hatten trotz allem über Krankheit und Schmerz triumphiert und ihr Leben zurückerobert, indem sie es auslöschten. Aber der Protest, den ich an jenem Abend so deutlich in ihren Gesichtern und Bewegungen gesehen hatte? Worauf bezog er sich? Da bin ich mir nicht sicher. Es war nicht die Pflege, über die hatten sie sich kaum beklagt. Die »Gesellschaft«? Das wäre, wenn überhaupt, etwas für Harry gewesen, aber diese Art von Verbitterung hatte er längst hinter sich gehabt, war mein Eindruck gewesen, die Obdachlosenzeitung »Situation Stockholm« ging ihn nichts mehr an. Und Börje war kein Mensch, der protestierte – es sei denn, es ging um Betrug beim Spiel oder um gedopte Trabrennpferde. Nein, sein Wille weiterzuleben wurde durch den Besuch seiner Familie gebrochen, davon bin ich fest überzeugt. In dem Moment gab er auf.

Aber Harry, das war schwerer zu ergründen. Wenn ich ausgehend von unseren Gesprächen eine Vermutung anstellen sollte, protestierte er nicht so sehr gegen Krankheit und Tod, sondern gegen die Tristesse, die Fantasielosigkeit, die Unfreiheit in der verordneten Lebensform, all das, was wir aushalten müssen, damit eine Hand voll Leute Geld an uns verdienen kann, gegen die sein ganzes Leben ein einziger Protest gewesen war. Seine schlichte Anarchie konnte sich nicht mit den herrschenden Lebensbedingungen abfinden, und selbst wenn eine enttäuschte Liebe der Auslöser gewesen war, konnte sie allein nicht ein ganzes Leben außerhalb der Gesellschaft erklären. Es war die Anpassung, zu der er unfähig war, »der Trost des Schwachen« und alles, was daraus folgte, und um die Sache ein für allemal klarzustellen, verkürzte er sein Leben. Möglicherweise nur für ein paar Wochen oder Tage. Aber trotzdem, er hatte Flagge gezeigt. Ich hoffe, er ist der Meinung gewesen, dass ich ihn richtig verstanden habe. Ich werde es nie erfahren, aber es tröstet mich, so zu denken, denn ganz gleich, wie viel Zeit man mit einem anderen Menschen verbringt, es kommt nicht besonders oft vor, dass man ihn versteht. Vielleicht ist es im Grunde auch gar nicht wünschenswert, selbst wenn es wärmt. Vielleicht ist das Leben spannender und reicher, wenn die Rätsel bleiben. Ich dachte an Monte und seine verborgene Gegenwart, die auch, daran zweifelte ich nicht, ihren Anteil an der letzten Tat meiner Freunde hatte. Ich selbst stand unter dem gleichen Einfluss, sogar noch stärker nach dem, was vorgefallen war, und deshalb war es eher Loyalität als »Integrität« oder eine bestimmte Ansicht, was mich auf die Dienste der professionellen Tröster verzichten ließ.

Das hieß nicht, dass ich über diese Dinge nicht nachdachte, ich tat es in meiner neuen Einsamkeit immer mehr. Es heißt ja häufig, dass sich die Persönlichkeit in der Auseinandersetzung mit anderen herausbildet, mit unserer engsten Umgebung, durch Prägungen in der Wiege und so weiter. Seit ich anfing, darüber nachzudenken, habe ich dies bezweifelt. Stattdessen habe ich geglaubt, dass der Erste, dem du als separates Wesen begegnest, du selbst bist, nicht deine Mutter, und dass die Persönlichkeit in jener immerwährenden Oszillation oder diesem stummen Dialog zwischen Ich und Bewusstsein entsteht und fixiert wird – sprachlos beim Kleinkind und am Ende wohl auch beim sterbenden Menschen. Er war es, was uns formte und unsere Existenz zu einer Sequenz in der Zeit zusammenkittete, in der sich die Vergangenheit für uns am klarsten abzeichnete; die Gegenwart konnte nur verschwommen wahrgenommen werden. Und die Zukunft überhaupt nicht – in ihr gab es kein Ich, kein Bewusstsein.

Als ich jedoch ganz allein in einem kleinen Zimmer lag, empfand ich es allmählich anders. Denken wäre zu viel gesagt, dazu fehlte mir an diesen ersten Tagen die Kraft. Einfach ausgedrückt: Ich vermisste meine Freunde, ihre Gesichter und Stimmen, die mich in dem Dasein verankerten, wie es sich inzwischen gestaltete. Mein Kontakt zur Wirklichkeit wurde drastisch schwächer, ich schwebte gleichsam mitten in ihr, ohne die Wände zu berühren. Diese Schwächung war natürlich auch körperlich, denn die leichtsinnige Mahlzeit hatte auch für mich Konsequenzen gehabt, einstweilen zwar keine tödlichen oder auch nur kritischen, aber immerhin doch so, dass ich höhere Dosen gegen die starken Schmerzen bekommen musste; während einiger furchtbarer Tage sägte es ganz schön in meinem Bauch. Doch das Gefühl einer herabgesetzten Gegenwart in Zeit und Raum hielt sich auch nach der Krise noch eine ganze Weile und wurde daraufhin zu etwas, das nicht mehr nur negativ war. Schließlich blieb mir ja auch erspart, mich ständig mit den anderen auseinandersetzen zu müssen, mir blieben Börjes Pferde und Pokerspieler am oberen Rand des Blickfelds erspart, der Fernseher konnte so lange aus bleiben, wie mir der Sinn danach stand. Ich hatte doch Angela und Birgit, die ich ansehen und mit denen ich mich unterhalten konnte, das reichte mir völlig, weshalb ich zur Not auch Doktor Möllers sporadische Blitzbesuche in meiner Abgeschiedenheit zu ertragen vermochte.

Die Abgeschiedenheit, das kleine Zimmer. Es ist von der gleichen Grundtristesse wie Zimmer 5 und alle anderen Zimmer geprägt, aber man hat versucht, es etwas wohnlicher zu gestalten. Ein Bild an der Wand gegenüber meinem Bett zeigt eine Gasse in einer vermutlich spanischen Stadt, ganz oben der Rand eines strahlend blauen Himmels, ansonsten gelb in verschiedenen Schattierungen. Und auf dem Fenstertisch eine Vase mit Blumen, immer frisch, dafür sorgen die Schwestern. Das reicht völlig, gemütlicher möchte ich es gar nicht haben, und ich bin froh, dass mir soft music wie in der Sterbehilfeklinik von Zürich erspart bleibt, wo man seinen Giftbecher zu den Klängen von *In the mood* leert. Gibt es hier keine

Hoffnung, so gibt es doch trotz allem etwas frisches Leben – die Blumen! – und vor allem Ruhe und Stille.

Deshalb werde ich mich auch nicht sonderlich über die Aussicht beschweren, die für ein Sterbezimmer allerdings besonders düster ausfällt; man hätte eine bessere Lage finden können. Wie erwähnt liegt das Zimmer am hinteren Ende des Korridors, das heißt, an der Ecke, die von außen betrachtet von unserem Gebäude und einem vorgeschobenen Gebäudeflügel gebildet wird. Die Aussicht von meinem Bett besteht folglich aus einer fensterlosen Fassade, die abends, wenn ich sie gerne sehen würde, die Sonne verdeckt. Auch keine Spur jenes Grüns, das man vom Basislager aus noch sehen konnte.

Dieses Zimmer empfindet man wirklich wie eine Endstation im Leben. Um mir ein wenig Abwechslung zu verschaffen, stelle ich gelegentlich das Kopfende meines Betts höher, indem ich einen Knopf drücke, woraufhin ich auf einen kleinen Hof hinabblicken kann, in den jeden Morgen ein weißer Transporter biegt, der etwas in großen Holzkisten anliefert, vermutlich Wäsche. Daran ist nichts Besonderes; überraschender ist, was folgt, sobald die Kisten durch eine Kellertür hineingetragen worden sind und der Wagen weggefahren ist. Dann kommt eine Reihe von Menschen, sieben oder acht, die vor der nun wieder verschlossenen Tür Schlange stehen. Sie tragen graue Arbeitskittel und warten geduldig, scheinen sich nicht zu unterhalten. Schließlich wird die Tür von innen geöffnet, ich sehe sie die Kellertreppe hinabgehen, der Letzte zieht die Tür hinter sich zu. Morgen für Morgen habe ich das beobachtet, aber ich habe sie niemals wieder heraufkommen gesehen. Sind es stets dieselben Personen? Meine Augen sind zu schlecht, um das erkennen zu können. Ich könnte natürlich eine der Schwestern bitten, mir das Phänomen zu erklären, aber ich verzichte darauf. Es ist besser, die Rätsel in Frieden zu lassen.

Jedenfalls würde ich niemals Doktor Möller fragen, wenn er mich besucht. Nach meinen schweren Tagen hat er mich nun endgültig an den Tropf gehängt. Das passt mir natürlich nicht, aber ich werde seine Einschätzung wohl akzeptieren müssen. Schlimmer ist, dass er zudem die Morphiumzufuhr automatisiert hat, so dass ich bei Bedarf auf ein kleines Dosiergerät drücke, das an meinem Arm befestigt ist und mich mit der zulässigen Ration versieht. Es steht folglich nicht in meiner Macht, die Dosis zu erhöhen, wenn die Schmerzen anhalten, was ein schwerer Rückschlag für meine Gemütsverfassung ist. Die Schwestern dürfen mir eigentlich nicht mehr so helfen wie früher, aber sie mögen Möller genauso wenig wie ich und mit der Zeit ist es mir gelungen, sie zu erweichen, diesen Angriff auf meinen Lebenswillen und mein Traumleben »in akuten Situationen« zu umgehen. Vorher hat es jedoch viele Momente gegeben, in denen ich die Panik vom Fußende des Betts heraufkriechen gespürt habe, von dem Platz, den Möller einzunehmen pflegt, wenn er seine Inspektionen durchführt. Ja, Inspektionen – denn er untersucht nicht, stellt keine Fragen, außer seinem Notebook, das er immer dabei hat. Er schiebt die Blumenvase zur Seite und legt es auf den Tisch. So auch an jenem Morgen, von dem ich nun erzählen werde, als sein Besuch einen etwas anderen Verlauf nahm als sonst.

Wie üblich begegnete er meinem Blick nicht, sah mich kaum an, schaute die ganze Zeit auf seinen Computer, als gäbe es meinen Körper nicht.

Vielleicht lag es am Schmerz, vielleicht am Gesichtsausdruck des Mannes, jedenfalls hatte ich plötzlich genug. »Jetzt hören Sie mir mal zu, Dschingis Jan Möller«, sagte ich mit müdem Zorn. »Ich habe Ihnen ein paar Dinge zu sagen. Mit dem Recht eines Menschen, der zum Tode verurteilt ist. Die Sache ist bald vorbei, aber bis auf weiteres haben Sie einen Patienten aus Fleisch und Blut vor sich. Ein menschliches Individuum, das Sie zwar nicht heilen, aber gut pflegen können. Das ist ihr Job. Warum nehmen Sie also keinen Kontakt zu dem kranken Körper auf, tasten meinen Bauch ab, sehen sich meine wundgelegenen Stellen an, machen konkrete Beobachtungen, die für diesen speziellen Menschen und seinen Zustand gelten? Der Computer ist ein gutes Hilfsmittel, vielen Dank dafür, aber jetzt stehen Sie vor dem kranken Individuum. Der Apparat kann meinen Platz nicht einnehmen. Sind nicht trotz allem das Geschick, der Blick und die Erfahrung des Arztes die höhere Schule der Medizin? Sie verstehen sich bestimmt gut auf andere Dinge, aber das reicht nicht. Irre ich mich?«

»Ja und nein.« Eher gelangweilt als verärgert hatte er mir tatsächlich zugehört und in die Augen gesehen. »Selbst wenn wir wollten, könnten wir so nicht mehr arbeiten. Die Zeit pro Patient ist zu knapp, wir müssen uns auf Proben und Computer verlassen. Ohne sie würden zehn Mal so viele in den Warteschlangen sterben.«

»War es nicht umgekehrt?« Sein ruhiger Ton hatte mich etwas besänftigt. »War es nicht die Technik, die den Politikern einen Vorwand lieferte, Personal einzusparen? Riesige Summen sind für ein Computersystem verplempert worden, das nicht funktioniert hat. Technik ist ja so viel spannender als Schmerzlinderung und persönliche Pflege. Und dann schließt man Zimmer 5, statt neue Patienten von der Warteliste aufzunehmen. Ist der nächste Schritt Euthanasie?«

»Wouldn't they love it. Und die öffentliche Meinung springt auf den Zug auf. Aber wir Ärzte halten dagegen, die meisten von uns jedenfalls. Das können Sie mir glauben. Aber es kann sich nun einmal jeder ausrechnen, dass eine große, tödliche Spritze für den Steuerzahler billiger ist als eine Menge kleiner, die über Wochen und Monate hinweg Schmerzen lindern. Und eine Privatklinik, die Gewinn machen soll, stellt die umgekehrte Rechnung auf. Da haben sie den Kernpunkt in der Frage der Sterbehilfe. Wie bei allem anderen in unserer Gesellschaft geht es auch in diesem Fall um finanzielle Interessen. Es gibt keine höhere Instanz. Aber, großer Gott, Sie wollten doch nicht Bescheid wissen. Und hier stehe ich und rede!«

Zufrieden mit seiner Schlussreplik, stürzte er wie üblich mit langen Schritten hinaus. Ich muss gestehen, ich war positiv überrascht. Er hatte eine neue Dimension gezeigt. Aber etwas anderes stimmte mich nachdenklich: Ich merkte im Laufe des Gesprächs, dass mir das Ganze gleichgültig wurde. Als hätte ich es schon hinter mir.

Ich konnte mich eines neuen Gesichts erfreuen, das mich nicht störte. Es war ein farbiger Raumpfleger; ich hatte ihn vorher nie gesehen. Er trug einen blauen Kittel und lächelte freundlich, während er stumm den Fußboden mit einem übel riechenden Scheuermittel putzte, das mir ebenfalls neu war. Im Zimmer 5 war eher flüchtig geputzt worden, binnen einer Minute war die Sache erledigt gewesen. Dieser junge Mann hier ging gründlicher zu Werke. Nach einem letzten Lächeln nahm er seinen Eimer und den Schrubber und zog weiter.

Ich mochte dieses Lächeln, es war scheu und unprofessionell. Er konnte auch mürrisch aussehen, aber man sah immer den ganzen Mann, eine Person, nicht bloß einen putzenden Funktionär. Das ließ sich von den Schwestern nicht immer sagen, aber sie standen natürlich auch mehr unter Druck. So persönlich, dass es mich rührte, war die Pfarrerin Anna-Britta, die eines Nachmittags mit Pascal und der Bibel Karls XII. in der überarbeiteten Version in den Händen und Tränen auf ihren runden Wangen zu mir kam. Ich versuchte sie zu trösten, sie war wirklich betrübt, nicht zuletzt, glaube ich, weil sie das mit den guten Büchern nicht rechtzeitig geschafft hatte. Ich beruhigte sie damit, dass Börjes Glaube bereits gefestigt gewesen war und er in seinen letzten Worten, wenn ich recht gehört hatte, darum gebeten hatte, angenommen zu werden. Und vorher hatte er in der langen Serie von Wetten, die sein irdisches Dasein erfüllt hatten, bis zuletzt auf das ewige Leben gesetzt. Sie lächelte sogar leise, als ich ihr versicherte, dass die Sprache in der alten Bibel in Börjes Fall kontraproduktiv gewesen wäre, ihm fehlten die erforderlichen Vorkenntnisse; mir im Übrigen auch. »Und Pascal«, sagte ich, »hätte er, denke ich, nicht zu schätzen gewusst. Die beiden verband zwar das Interesse für Glücksspiele und Zahlen, aber Börjes Gottesglaube war stabiler als Pascals. Ich erinnere mich, dass er einmal gesagt hat, Gottes Existenz sei nichts, worum er wette, er betrachte sie als Selbstverständlichkeit. Dagegen ging er eine Wette um das ewige Leben ein. Sein Glaube an Gott war stark, aber er war sich nicht sicher, ob Gott an ihn glaubte und ihn zu sich rufen würde. So ungefähr lauteten seine Worte.«

Sie fielen bei Anna-Britta auf fruchtbaren Boden, soweit ich es beurteilen konnte, war sie jetzt völlig getröstet; der Gedanke an den posthum Bekehrten rührte ihr Herz. Als sie ging, wollte sie die Bücher wieder mitnehmen; ich bat sie, die beiden auf meinem Nachttisch liegen zu lassen. Lesen konnte ich vorerst noch, wenn auch mit immer größerer Mühe, es waren nie viele Seiten am Stück. Ich fragte mich, wie man es wohl aufnehmen würde, wenn ich darum bat, eine neue Brille anprobieren zu dürfen. Ließ sich solch eine kurzsichtige Investition rechtfertigen?

Der Tropf war zwar schlimm genug, aber bis zum Bettpfannenstadium war ich noch nicht gekommen, ich konnte weiterhin zur Toilette gehen und langsam im Korridor promenieren (was immer ich dort zu suchen hatte), den Ständer mit der Flasche dabei vor mir her schiebend. Das Erste, was auf diesen Ausflügen meinen Augen begegnete, waren zwei Schilder auf der Tür gegenüber, auf dem oberen stand »Notausgang«, auf dem unteren »Nur für Personal«. Ich scherzte Birgit gegenüber ein wenig darüber, aber sie war unfähig, es komisch zu finden. Bei einer Notevakuierung wurden immer zuerst die Patienten gerettet, so war das.

Bevor jegliche gedankliche Klarheit verloren gegangen ist, möchte ich gerne die Fortsetzung meines französischen Jugendabenteuers abhaken, das Nachspiel, mit dem ich Harry gedroht habe und dem er nun für immer entkommen ist. Es wäre schade, wenn dieser Faden lose hängen bliebe. Wo hängen? Und schade für wen? Tja, wer weiß. Nun gut, an mein Provinztheater zurückgekehrt, entwickelte ich mich mit der Zeit zu einem recht erfolgreichen Schauspieler, aber ich kann mich an meine Erfolge kaum noch erinnern, sie sind unterwegs verloren gegangen. Umso deutlicher entsinne ich mich, dass ich in jenem Herbst mehrfach nach Göteborg fuhr, um nachzusehen, ob die Pariser Zeitungen etwas über den Mord im Wald von Fontainebleau gebracht hatten. So weit ich sehen konnte, war das nicht der Fall, und ich nahm an, dass der Mörder zurückgekehrt war und die Leiche beseitigt hatte. Über eine ungeklärte Vermisstenanzeige steht selten etwas in der Zeitung.

Ich kam nicht weiter und verbannte die Sache aus meinem Kopf. Aber so leicht ließ sie sich nicht verbannen. Zehn Jahre später, ich arbeitete damals als Regisseur, fuhr ich nach Berlin, um ein Praktikum als vierter Assistent bei Felsenstein zu absolvieren, und wohnte in einer Pension im Westteil der Stadt. Eines Abends, als ich zu viele Eindrücke gesammelt hatte und nicht schlafen konnte, las ich einen dünnen Roman, den ich auf einem Regal im Frühstücksraum entdeckt hatte. Er erzählte von einem Mord, der nahezu exakt dem Verbrechen glich, dessen Zeuge ich geworden war – sogar die Ahornbäume kamen vor –, allerdings in einen Wald vor den Toren Wiens im Jahre 1920 verlegt. Sicher, solche Zufälle gibt es. Aber wenn es nun doch kein Zufall war. Falls das Verbrechen nicht aufgeklärt und durch die Medien bekannt geworden war, was natürlich möglich sein mochte, ohne dass ich davon wusste, musste der Autor die Geschichte vom Mörder selbst oder jemandem mit Beziehungen zu diesem gehört haben. Es war ein recht bekannter österreichischer Schriftsteller, der erst kürzlich verstorben war, als ich sein Buch las, das im Übrigen unvollendet geblieben und posthum erschienen war. Auch in seinem Buch ist der Mörder ein Meisterschütze (er schafft den Zeugen eines früheren Verbrechens aus dem Weg), auch in ihm ist der lichte Wald ein Todessymbol – wie er es wahrhaftig auch für mich gewesen war, und im Laufe der Jahre immer mehr wurde. »Der Wienerwald ist dem Tode nicht fremd«, sagt der Autor, »Dieser geht dort vielfach um. Es ist eine bedenkliche Landschaft.«

Diese Worte trafen haargenau mein Gefühl, und ich ging nun so weit, dass ich dem Herausgeber des posthum erschienenen Romans schrieb und mich erkundigte, ob die Mordepisode auf einer wahren Begebenheit basiere. Die Antwort lautete, dass dies soweit bekannt nicht der Fall war und der Schriftsteller selbst erklärt habe, die Begebenheit sei frei erfunden. Trotzdem unzufrieden, ermittelte ich, ob der Schriftsteller zur Zeit meines Aufenthalts in Frankreich gewesen war; dies war offenbar nicht der Fall gewesen, und damit war meine Suche beendet.

Die Fixierung auf meinen sonderbaren Sündenfall dagegen nicht. Was hat mich so gefesselt? Allmählich wird die Zeit für eine Antwort knapp. Aber spielt sie überhaupt noch eine Rolle? Es stellt sich die Frage, womit ich mich von dem, was mir noch zu erleben bleibt, gewinnbringend beschäftigen soll. Kann ich noch überrascht werden? Jetzt, zum Ende hin, gibt es vieles, was spannend ist.

Es wird Zeit, diesen Wald zu verlassen, so viel steht fest. Auf der Bühne Platz für andere Erinnerungen zu schaffen. Leider standen den Erinnerungen, Gedanken, Träumen jedoch Geschehnisse in meinem Körper im Weg, an manchen Tage war alles Innenleben ausgeschaltet. Die körperliche Gegenwart bedrängte mich aus allen Richtungen. Oberflächlich betrachtet am Schlimmsten waren die wundgelegenen Stellen, die mit Salben und einer Gelmatratze gelindert wurden, aber es gab auch noch andere Probleme mit dem Liegen. Mal ruhte der Kopf weich auf seinem Kissen aus Daunen und Morphium, mal war das gleiche Kissen – ohne Morphium – an der Schläfe so hart, dass man das Gefühl hatte, sie würde eingedrückt. Und an diesem Wechselbad der Empfindungen ließ sich herzlich wenig ändern, bis ich Angela – später auch Birgit – dazu bewegen konnte, kleine zusätzliche Rationen herauszurücken, womit sie selbst ein Risiko eingingen, worauf hinzuweisen sie denn auch nie vergaßen. Bei Börje und Harry warst du doch so spendabel, meinte ich einmal zu Angela, als sie zögerte. Daraufhin sah sie mich seltsam an, aber ich bekam meine Spritze und konnte den Körper eine Weile vergessen.

Hat diesen alten Schauspieler denn nie jemand besucht, wird sich der eine oder andere fragen, könnte ich mir vorstellen. Hat ihn denn nie jemand angerufen? Er muss doch eine Menge Leute gekannt haben. Eine alte Bewunderin oder Verwandte sollte doch wohl vorbeischauen oder zumindest von sich hören lassen? Nein, das war nicht der Fall. Es lag sicher vor allem an mir selbst. Natürlich benutzte ich manchmal das Telefon, es stand auf dem Nachttisch, aber die Anrufe gingen nur nach draußen, praktische Dinge, um die ich mich kümmern wollte, so lange ich noch konnte. Aber einen Besuch bekam ich in meiner Einsamkeit tatsächlich, einen völlig unerwarteten Besuch einer mir gänzlich unbekannten Person.

Ich möchte zunächst einflechten, dass Möller zu der Zeit ein neues Medikament an mir ausprobierte, das die Wirkung hatte, mich etwas aufzuschwemmen, vor allem im Gesicht, wodurch ich gleichzeitig jünger und kränker aussah. (Wahrscheinlich packte er die Gelegenheit beim Schopf, mit einem Patienten zu experimentieren, der ohnehin verloren war.) Der Effekt kam bei dieser Gelegenheit gerade recht. Rigmor, eine Krankenschwester, die gelegentlich Dienst hatte auf unserer Station und Rigmor Mortis genannt wurde – ziemlich ungerecht, auch wenn sie in der Tat ein wenig steif war –, kam eines Nachmittags herein und meldete einen Besucher an, einen Herren, der zufällig in der Stadt sei und mich unbedingt treffen wolle.

»Hat er gesagt, warum? Und wie er heißt?«

»Er steht vor der Tür und kann für sich selbst sprechen. Darf er hereinkommen?«

»Sicher.« Ein Druck auf den Knopf und mit einem Summen des Betts wurde ich in eine halbsitzende Position hochgezogen.

Herein tritt ein schmächtiger Bursche um die Fünfzig, scharfe Gesichtszüge und spähende Augen, gleichsam aus Höflichkeit etwas gebeugt, er hat ein bisschen was von einem Schauspieler oder Künstler alter Schule, eine Baskenmütze und ein Malerkittel hätten ihm gut gestanden. Und richtig, er stellte sich als Zeichner vor (den Namen habe ich vergessen). Bilder vom Endstadium, dachte ich, für irgendein Handbuch in Hospizpflege. Er hatte versucht, mich zu Hause anzutreffen und musste am nächsten Morgen heimreisen, weshalb er die Chance ergriff, mich unangemeldet aufzusuchen. Falls ich nichts dagegen hatte. Noch bevor ich etwas erwidern konnte, erzählte er – schon auf seinem Platz in meinem Lehnstuhl –, dass er aus der Stadt komme, in der ich früher auf der Bühne gestanden hatte, und vom Theater den Auftrag erhalten habe, eine Portraitgalerie mit alten und neuen Mitarbeitern zu erstellen; diese solle aus Anlass des bevorstehenden hundertjährigen Jubiläums im Theaterfoyer gezeigt werden. Ganz am Anfang war ich aber nicht dabei, kommentierte ich seine Worte scherzhaft, und hundert Jahre werde ich auch nicht mehr alt. Was hatte es außerdem für einen Sinn, mich jetzt zu zeichnen, das bisschen, was von mir noch da war, wo ich doch als junger Mann an diesem Theater aktiv gewesen war?

Er hatte seinen Stuhl bereits näher herangerückt und begonnen, auf einem großen Block zu zeichnen. Ein Notebook hatte er auch dabei.

»Keine Sorge«, sagte er. » Das wird nicht die endgültige Version. Ich habe ja auch alte Rollenfotos als Vorlagen. Und Computersynthesen, wie man sie heutzutage macht.«

»Schön. Dann hoffe ich mal, dass Sie mich ein bisschen hübscher machen. Zum Beispiel als Erstes die Haare zurückholen.«

Als wollte er mir auf der Stelle zu Willen sein, blätterte er weiter und bearbeitete ein neues Blatt. Diese Bewegung war das Letzte, was ich für eine Weile sah, dann wurde es dunkel. Ich schlief ohne Vorwarnung ein, wie es mir manchmal passierte, sank wie ein Stein. Als ich wieder auftauchte, saß er da und zeichnete wie zuvor; ich war verblüfft, es kam mir vor, als wären Stunden vergangen.

»So, jetzt bin ich gleich fertig. Danke für Ihre Geduld.«

»Ich habe geschlafen!«

»Das spielt keine Rolle. Ich bin Jahre zurückgegangen, habe mir Rollenfotos angesehen. Ich habe Ihre jungen Gesichtszüge in der Maske von »Being Earnest« rekonstruiert. Bitte sehr.«

Er hielt die Zeichnung hoch. Sie war fertig. Und sehr gelungen. Kein falscher Schwung, nichts Einschmeichelndes. Aber sie zeigte einen blutjungen Mann in der Maske des zehn Jahre älteren Ernest in Oscar Wildes Stück, die große Rolle in meinem Theaterleben. Das junge Gesicht unter einer Schicht mittleren Alters. Der kranke Greis war als eine deutliche Vorwarnung in ein paar Falten um die Mundwinkel angelegt. Dieses Gesicht in drei Zeitebenen hatte er lebendig werden lassen. Auf mich wirkte es unheimlich. Ich bewunderte ihn.

»So, so, aha. Sie haben mich wirklich geliftet. Zwei Mal sogar. Ich habe kaum das Gefühl, dass ich das bin. Wann war ich das, frage ich mich.«

»Sie werden sich daran gewöhnen. So ungefähr sind Sie Ihrem Publikum in Erinnerung geblieben. Dem älteren Teil natürlich. Den Abonnenten. Sie sind eine Legende.«

»Tatsächlich? Ich bin froh, dass Sie den Weg hierher gefunden haben. Ihre Zeichnung weckt Erinnerungen. Ernest war meine beste Rolle, jetzt ist sie verewigt. Sogar die Miene ist zeittypisch. Ernest als Dorian Gray. Oder umgekehrt. Sehr kunstvoll und geschickt, ich verneige mich. Und bitte um eine Kopie.«

»Es freut mich, dass Sie zufrieden sind. Ich schicke Ihnen eine Kopie.«

»Ich meine jetzt, sofort. Ich habe keine Zeit zu warten. Es gibt da draußen einen Kopierer, ich werde Rigmor rufen. Sie haben mir Lust gemacht, mich zu erinnern, die Schleusen zu meiner Jugend geöffnet. Das kann nur wahre Kunst. Dafür danke ich Ihnen.«

Während ich sprach, klappte er seinen Block zu, berührte meine Hand, die er wegen der Kanüle nicht zu drücken wagte und zog sich zur Tür zurück.

Dort stand mittlerweile, straff und sexy, Rigmor. Eine richtige Domina. »Liebe Rigmor, helfen Sie dem Künstler bitte, eine Kopie für mich zu machen. Und Maestro, ändern Sie nichts. Das Bild ist perfekt.«

Aber sie hatten das Zimmer schon verlassen. Ich kam

nicht mehr dazu, ihn nach seiner Telefonnummer zu fragen. Und seinem Namen.

Dieser talentierte Künstler war mein erster Gast aus der Außenwelt (oder vielmehr der Vergangenheit) und, wie ich glaubte, auch der letzte. Rigmor brachte mir die Kopie seiner Zeichnung; sie war nicht signiert und ich hörte nichts mehr von ihm. Manchmal hole ich das Portrait heraus und denke über Dorian Gray nach. Im Roman ist es ja das Bild, das sein schnelles Altern und seinen Verfall auf sich nimmt, während er selbst jung und frisch bleibt, bis – nun, bis der Teufel seine Schuld eintreibt. Dieser Künstler hatte die Sache jedoch auf den Kopf gestellt, so dass mir selbst Alter und Auflösung beschieden waren, während das Bild mit konstanter und doppelter Jugend gesegnet war, reif bei Ernest, jünglinghaft bei dem Schauspieler unter der Maske.

Angenehme Reflexionen, jedoch ein klein wenig kokett, und wichtiger war, was ich ihm zum Abschied gesagt hatte: dass seine Zeichnung die Schleusen zu meiner Vergangenheit öffnete. Ob das eine Wohltat war, blieb abzuwarten. Die Unruhe, die ich empfand, war stark und verlockend, kokett war sie dagegen nicht. Seit Beginn meiner Krankheit habe ich es ganz bewusst vermieden, zurückzublicken. Alles ist dieses Jetzt gewesen, in dem ich hier liege und auf das Ende warte. Es ist das Ich gewesen, dem ich entfliehen wollte, seinem Wissen um die verzweifelte Lage. Und ohne Vergangenes schrumpft das Ich, da das Ich die Reise durch die Zeit und die rückblickende Perspektive ist, die einem die Strecke aufzeigt, die man zurückgelegt hat. Im Traum fehlt das Zeiterlebnis, es gibt nichts Vergangenes, deshalb erlischt auch das Ich. Deshalb bin ich in den Traum geflohen. Die persönliche Vergangenheit ist die Lichtquelle, die das Ich auf den Plan ruft, aber im Traum sieht man keine Lichtquelle, nur Bilder, aufgeladen mit einer unklaren Angst, Freude oder Gleichgültigkeit. Wenn man richtig Freude hat, heißt es, vergisst man die Zeit und damit sich selbst. Bei meiner Flucht in die Bücher ging es natürlich um das Gleiche, das erkannte ich nach und nach: um einen Weg, Ich und Zeit zu suspendieren. Das hat nichts mit Philosophie zu tun, ich spreche nur für mich. Es ist die reine Erfahrung, dass meine Zeit verrinnt, und eine Verteidigung gegen diese Erfahrung.

Kurzum, ich blickte schaudernd der Vergangenheit entgegen, den Erinnerungen, die das meisterliche Bild zu wecken drohte. Aber was tut man ohne Zukunft? Man macht eine Kehrtwende, sucht spähend einen Horizont ab, der weiter entfernt liegt und weniger bedrohlich ist. Ich musste mich mit verblichenen Rollenfotos, längst abgehalfterten Versionen meiner selbst abfinden, um dem Ich zu entgehen, das es jetzt gab und mir schon bald genommen werden würde.

Dies mögen dunkle Formulierungen sein, aber ich

bin – wie gesagt – kein Philosoph. Ich grübele, wie ich es tun muss. Mein Schiff fuhr eine große Kurve, hundertachtzig Grad. Als es auf seinem neuen Kurs gerade Fahrt aufnehmen wollte, hielt mich die Gegenwart auf und stoppte meinen Vorsatz fürs Erste. Chirurg Hansson kam auf seine polternde Art hereingestürzt und erklärte, es sei an der Zeit, ein Loch zu machen und Flüssigkeit aus meinem Bauch abzulassen, der mittlerweile ziemlich deutlich angeschwollen war. Tja, was konnte ich einwenden? Möller stand im Hintergrund und nickte unterwürfig, während Hansson den Eingriff so präsentierte, dass er am ehesten nach einem netten Picknick klang. Der Chirurg war König.

Die Sache lief glimpflicher ab, als ich geglaubt hatte. Nach einer Stunde war ich wieder auf meinem Zimmer, dünner als je zuvor und glücklich vollgepumpt mit Morphium (oder Ketogan, wie sie es am liebsten nennen). Möller schaute vorbei und gratulierte mir trocken zu einer weisen Entscheidung, er sah ein bisschen enttäuscht aus. »Don't give up, doctor«, war ich versucht zu sagen, »ich werde schon noch sterben.« So aufgekratzt war ich. Außerdem konnte er ganz ruhig sein, eine Veränderung der Prognose war mit dem kleinen Eingriff nicht verbunden.

Um einige Kilo Flüssigkeit leichter – ich hütete mich wohlweislich zu fragen, woraus sie bestand – kehrte ich zu meiner Suche nach der verlorenen Zeit zurück. Oder richtiger der vergeudeten, wie Proust einem meiner Pariser Freunde zufolge in Wahrheit meinte. Am wenigsten vergeudet war mit Sicherheit die Zeit, die der Zeichner in seinem Rollenportrait eingefangen hatte. Ich habe in der Tat beträchtliche Erfolge an dem kleinen Stadttheater gefeiert, vor allem in Komödien- und Operettenrollen; der komische Liebhaber der leichten Muse war sicherlich das Rollenfach, in dem ich am meisten Furore machte. Die Triumphe blieben jedoch strikt lokal, mir wurden niemals Filmrollen oder Engagements an größeren Bühnen angeboten. Nach einigen weniger geglückten Versuchen in ernsteren Rollen, die mein altes Stammpublikum hoffentlich vergessen hat, wandte ich mich eine Weile der Dramaturgie zu: Ich las und strich in den Vorlagen und war darüber hinaus als »Vertreter der Sprache«, wie man es ausdrückte, bei den Proben dabei. Dann wollte ich versuchen, selbst Regie zu führen, und von da an, das kann ich mit Fug und Recht behaupten, ging es abwärts. Nach einigen Praktika, unter anderem in Berlin, durfte ich drei Stücke an größeren städtischen Bühnen in Göteborg und Stockholm inszenieren. Jede dieser Aufführungen war ein offenkundiges Fiasko, und wahrscheinlich war es schieres Glück, dass ich danach einen Rückzugsjob in der Finanzverwaltung an einem dieser Theater bekam. Ich fand mich jedoch niemals wirklich damit ab, von der künstlerischen Arbeit abgekoppelt zu sein, ich mischte mich ein und machte mich schnell unbeliebt. Am Ende wurde ich gefeuert, wenn auch in kaschierter Form und so kurz vor der Pensionierung, dass ich ganz ordentliche Bedingungen herausschlagen konnte.

Ein trister Lebenslauf, das sehe ich jetzt deutlicher als je zuvor. Und was machte ich dann? Mir graute vor der Auflösung meines Lebens in praktischem Kleinkram, die so viele Rentner ereilt, ich wollte die Vorwärtsbewegung beibehalten – oder endlich beginnen –, über die ich so viel bei den großen Dramatikern gelernt hatte. Also schrieb ich ein paar Artikel und Kommentare in Theaterfragen und versuchte sogar ein Stück zu schreiben, eine Komödie, die bereits im Exposé-Stadium verrissen wurde. Zu viele Worte, zu wenig Körper. Die Vorwärtsbewegung kam also bereits zum Stillstand, ehe sie überhaupt begonnen hatte. Und was kam dann? Ich wurde krank. Das ist der Lauf der Dinge, und er ist wenigstens kurz.

Mein Berufsleben grämt mich so wenig, wie es mich wirklich interessiert, das merke ich nun. Nicht, dass ich vergessen hätte, wie es war, in einer Operette über die Bühne zu tanzen, dieses Gefühl von Verwegenheit und Souveränität. Für das es in mir selbst keine Entsprechung gab, und diese hohle Ausgelassenheit sprang nicht selten auf mein Privatleben über, was auf Dauer traurige Folgen zeitigte. Denn natürlich habe ich auch ein Privatleben gehabt, sogar ein ziemlich bewegtes und vor allem unstetes, nicht zuletzt während meiner Jahre als Bühnenschauspieler. Ich bin verheiratet gewesen und habe mit einigen Frauen zusammengelebt, immer nur kürzere Zeit und innerhalb des Theatermilieus, das für feste Beziehungen grundsätzlich nicht besonders förderlich ist. Kurze Affären, die in der Regel in aller Freundschaft endeten. Kinder kamen keine und waren wohl auch nicht erwünscht. Das klingt nach einem hektischen Liebesleben, aber so schlimm war es im Grunde gar nicht. Als ich das letzte Mal verheiratet war, gingen wir in die Tiefe, und ich bedauere bis heute, dass es nicht hielt. Es war wahre Leidenschaft. Ich habe großes Glück erlebt, mehr als ich verdiene, allerdings nicht oft und niemals dauerhaft. Ich kam mit dem Alltag nicht zurecht. Romantisch bin ich und ich habe versucht, anständig zu lieben, ohne dass es mir immer gelungen wäre.

Es war wohl meine Absicht, von ein paar Frauen zu erzählen, die ich geliebt, aber dennoch verlassen habe, oder die mich verlassen haben. Eine sehr frühe Geschichte hat mich in besonderem Maße verfolgt und auf Selbsterforschung und eine wenn auch einseitige Versöhnung gepocht. Aber wenn ich sie nun in meinem Gedächtnis, das ganz ausgezeichnet funktioniert, solange es um Schuld geht, aufrolle, merke ich, dass sie nicht mehr schmerzt. Ich möchte dem Gewissen dieses jungen Mannes eigentlich schon auf die Sprünge helfen, aber ich bin nicht mehr er, ich habe diese Identität abgelegt. Sie hat sich von meinem Körper gelöst und ist irgendwo unterwegs verdunstet. Der Mann ist mir zwar bekannt, aber er ist wie gesagt nicht ich. »Komm zurück, du warst so verliebt und so leichtfertig« – nein, darum bitte ich nicht, ich flehe die Erinnerung nicht an, denn in Gefühlsdingen flehe ich nie. In dem Punkt bin ich derselbe, der ich immer gewesen bin.

Es gibt natürlich noch einen anderen Grund dafür, dass meine Liebesvergangenheit in letzter Zeit erkaltet ist. Angela. Mit ihr gewann die Gegenwart die Oberhand, sie überlagerte alles Alte. Die Liebe eines hilflosen, alten Kranken zu seiner jungen Pflegerin, das ist natürlich klassisch und pathetisch. Aber bei mir ist mittlerweile alles ziemlich pathetisch, nicht zuletzt, dass ich überhaupt noch lebe. Meine wachen Gefühlswallungen gelten meistens ihr; in den Träumen finde ich sie dagegen nicht, was mich oft wach hält. Meine Gedanken und Grübeleien beginnen, sich wie bei Schlaflosen üblich im Kreis zu drehen, einer Beobachtung folgt, dass man die Beobachtung beobachtet und so weiter. All das Beruhigende und Einschläfernde, was man an mich verschwendete, konnte nicht immer meine Unruhe stillen.

Es heißt, dass Selbstmorde nicht selten durch Schlaflosigkeit ausgelöst werden. Der Gedanke an diesen Ausweg stellt sich zwar ein, aber stärker, wenn ich spüre, dass ich noch Kraft habe oder dabei bin, neue zu schöpfen. Ich hatte mal einen Verwandten, der eine Herzoperation überstanden hatte, und sich das Leben nahm, als er von der nachfolgenden Depression so gut wie geheilt war. Es waren also gerade meine Schwäche und Invalidität – und ehrlich gesagt die Angst vor Unannehmlichkeiten –, die mir zur Hilfe kamen, wenn Hilfe das richtige Wort in meiner Lage ist, und ich denke, das ist es. Ein seltsames Paradox, möchte man meinen, aber Tatsache ist, je schwächer ich wurde, desto weniger wollte ich sterben.

Der Todeswille wäre folglich Ausdruck einer Vitalität, die ich nicht mehr besaß. Als Georg zum ersten Mal den Weg ins »Todeszimmer« fand, steckte er mir eine Anthologie über den »Freitod« zu – das Wort roch nach newspeak und ich fragte mich, ob er das als Aufforderung meinte. Nietzsche ist in dem Buch vertreten und sagt, der Gedanke an den Selbstmord tröste ihn in schweren Nächten und stehe ihm bei. Meine verstorbenen Freunde mögen es so empfunden haben. Mir selbst ist der Gedanke dagegen nur selten gekommen, doch jetzt spüre ich, dass es stimmt: Er beruhigt wirklich. Und wie Nietzsche halte ich bei dem bloßen Gedanken inne. Ihn in die Tat umzusetzen, ist etwas ganz anderes, wozu Nietzsche und ich zu schwach sind. Meine Freunde hatten die Kraft.

Aber ich wollte ja nicht philosophieren, statt mich rechtschaffen mit meiner Vergangenheit auseinander zu setzen, wie ich es vielleicht tun sollte. Es stimmt schon, dass ich unter Angelas Einfluss lieber zur Gegenwart aufsteigen möchte wie ein Korken, den man unter die Oberfläche zu drücken versucht. Aber jetzt drücke ich ihn jedenfalls so tief hinab, wie es nur geht, bis zu meiner Kindheit hinab, in der es doch alle Wunden geben soll, zu deren Heilung man ein ganzes Leben benötigt, und da sollte ich meine Kindheit wohl lieber aufsuchen, solange sie noch existiert. Noch existiert? Zu meinem Erstaunen ist es dieser Teil meines Verschwindens, der mich am meisten stört. Warum? Vielleicht, weil die Kindheit gratis ist, ein Geschenk, nicht zusammengeschustert aus eigenen Zielen und Bestrebungen, für die man *verantwortlich* ist. Das war der Punkt! Wofür ich verantwortlich war, darauf konnte ich gerne verzichten, weg damit. Aber die Chance, auf der Welt sein zu dürfen, das Geschenk, um das ich nicht gebeten hatte und an dem mich keine Schuld traf, das war das Bloßgestellte und kaum Verzichtbare in mir, dieses ichlose kleine Wesen, an das ich nun mit unvermittelter Zärtlichkeit dachte.

Dabei war diese Kindheit, wenn ich konkret an sie zurückdenke, so langweilig. Und gleichzeitig so »glücklich«. Vielleicht läuft das aufs Gleiche hinaus, falls langweilig problemlos bedeutet. Das ändert nichts daran, dass man Kinder und Kindheit damals nüchterner sah als heute. Es waren die Jahre der Kriegsbereitschaft im Zweiten Weltkrieg und Schwäche stand, als ich aufwuchs, nicht sonderlich hoch im Kurs. Es war der Trost der alten Weiber, zu klagen und zu leiden, und der Spartaner mit dem jungen Fuchs war genauso ein Vorbild für Jungen wie norwegische Widerstandskämpfer hoch über dem Wasser und die Finnen im Schnee. Und glauben Sie ja nicht, dass die Mütter einen zurückhielten; sie trieben an. Über spätere Spielarten von Härte habe ich deshalb immer nur müde lächeln können.

Ich war phasenweise schüchtern, ansonsten fröhlich und kontaktfreudig – wie die meisten Kinder, nehme ich an, was immer die Kindertheoretiker auch sagen mögen. Es wird oft behauptet, man werde Schauspieler, um seine Schüchternheit zu bekämpfen. Ich glaube nicht, dass dies auf mich zutraf. Ich wurde es aus Liebe zu den großen Dramen. Mein Ideal war das Theater des Worts, ich setzte auf die Diktion, die Phrasierung, die französische Bühnenkultur. Ich wollte *comédien* sein, jemand, der in eine Rolle schlüpft, kein *acteur*, der sich auslebt. Das Theater des Körpers und Theater als Zirkus interessierten mich nicht. Übrigens einer der Gründe dafür, vielleicht der wichtigste, dass ich aus dem Theaterleben verstoßen wurde.

Als ich zu dieser bitteren Schlussfolgerung komme, klopft es im gleichen Moment an die Tür. Es ist Birgit, sie ist hier die einzige, die anklopft. Sie hält einen kleinen runden CD-Spieler in der Hand. Den sie anschließt und auf meinen Tisch stellt.

»Wie wäre es mit etwas Musik?« Das ist das Beste an ihr, ihr begeistertes Wesen. P2 hätte für meinen Musikbedarf völlig ausgereicht, aber ich konnte nicht nein sagen. Einer aufrichtig begeisterten Frau kann ich einfach nichts abschlagen.

»Tja, was gibt es denn? Nur keine Barockmusik und keinen Hip-Hop. Und keinen Brahms, der immer nur grübelt und grübelt. Monotonie macht mich nicht an.«

»Sie können bestellen, was Sie wollen. Ein Musikgeschäft spendet die Sachen.«

»Ist doch toll. Tja, am liebsten Operette, das ist mein Niveau. Offenbach. Oder warten Sie: *Ziehrer*! Können Sie mir Ziehrer besorgen. ›So geht zu Ende … zu Ende mein Lied‹, singt die Heldin – besser als ich. Ziemlich schmalzig. Aber herrlich.«

»Habe ich noch nie von gehört. Aber ich werde fragen. Wie heißt das Stück?«

»›Wiener Mädeln‹. Ich habe einmal darin gespielt.«

Das beeindruckt sie nicht. »Operette ist ja ein bisschen altbacken. Rentnerkram.«

»Ich bin ja auch Rentner. Altbacken oder kindisch, das ist mir völlig egal. Aber es ist lieb von Ihnen, dass Sie mir helfen.«

Und schon eilte sie los. Machte sich auf die Jagd nach einer Operette, die seit neunzehnhundertsiebenundsechzig nicht mehr in Schweden gespielt worden war. Mit mir in einer schmalzigen Liebhaberrolle. Das interessierte sie nicht. Ich frage mich, wie Angela reagiert hätte. Die Eitelkeit bleibt einem.

Kein Monat vergeht so schnell wie der September. So habe ich es schon immer empfunden. Die Spielzeit lief richtig an, man zählte die Tage, kam aber nicht dazu, viel von ihnen zu merken. Dieser September jedoch, mein letzter, wurde zum schnellsten von allen, weil die Tage in mir schrumpften, ein Morgen biss dem anderen in den Schwanz, ich hatte das Gefühl, mir eben erst die Zähne geputzt zu haben, aber es war am Vorabend gewesen und so weiter. Das monotone Lebensschema nahm der Wirklichkeit Gewicht und Masse, und jedes Mal, wenn ich tatsächlich aufwachte, war ich leicht überrascht. Ich war mittlerweile im Bettpfannenstadium; dies war in mehrfacher Hinsicht ein großer Rückschlag, unter anderem wurde mir die Bewegung genommen, die mir die häufigen Toilettenbesuche aufgenötigt hatten, und zu der ich mich nun nur noch selten durchringen konnte. Aber vor allem war es mir Angela gegenüber peinlich, es führte zu einer Distanz zwischen uns, die auch sie, glaube ich, unangenehm fand. Ich denke, dass sie deshalb immer größere Teile dieser professionellen Fürsorge anderen überließ, vor allem Birgit, aber auch Rigmor, die bis hin zu den Brustwarzen professionell war; sie zeigten unter dem eng anliegenden weißen Kittel auf mich und fragten verächtlich: Warum bist du immer noch am Leben?

Mein Kurzzeitgedächtnis war inzwischen außerdem so schlecht, dass ich mich nicht erinnerte, ob ich geschlafen hatte oder nicht, selbst wenn ich zufällig einmal hellwach war, geweckt von dringlichen Bedürfnissen oder meinen eigenen Körpergerüchen, die sich – ein kleiner Fortschritt zu Zimmer 5 – nicht mehr mit denen anderer vermischten. Ja, ich weiß, aber ich kann die ekelerregenden Aspekte meines Daseins nicht völlig verschweigen. Größtenteils wurden sie in die barmherzigen Schleier des Schlafes gehüllt.

Eine gute Neuigkeit war, dass ich inzwischen nicht einmal wegdämmern musste, um zu träumen. Fast alles wurde zu einem Traum, auch Angelas immer seltenere Besuche, die folglich in eine halb halluzinierte Situation oder Bildsuite einflossen, jedoch stets so, dass ihr Gesicht nicht sichtbar wurde, ich wusste nur, dass sie da war. Apropos »Ich«. Das »Ich« war doch inzwischen rund um die Uhr außer Gefecht gesetzt, bereits »aufgelöst«. Also bekamen die Tibeter am Ende vielleicht doch noch recht, hörte man eine Traumstimme sagen.

Die Träume in Zimmer 5 waren ganz anders gewesen, vor allem in der ersten Zeit nach der Operation, als das Morphium noch die neue Göttergabe gewesen war. Die Wucht, die Dramatik, die Farben waren fast verschwunden, das neue Traumleben war meditierender, möglicherweise reichte es auch tiefer. Ein anderer Unterschied bestand darin, dass es beharrlich Menschen aus der Vergangenheit heraufbeschwor, es kam zu regelrechten Themenabenden. Meine Mutter tauchte manchmal auf und warf mir etwas vor, alte Freunde stellten traurige Fragen. Ihre Äußerungen waren prägnant, jedes Wort blieb haften, aber es waren keine Gespräche, ich war nicht dabei, sie diktierten wie aus einem Rollenheft und waren nur flüchtig sichtbar. Das eigenartigste, was mich mehr als die Worte selbst erschütterte, war jedoch, dass ich spürte, sie sahen und durchschauten die ganze Zeit, was es nicht mehr gab, aber trotzdem ich war. Sie erstellten eine stumme und posthume Zusammenfassung von mir. Nichts konnte ich verbergen, und wollte es auch gar nicht – auch das etwas Neues. Die hohen Dosen oder eine andere fortschreitende Vergiftung hatten meinen armen Schädel tüchtig umgekrempelt.

Von meinem Tiefpunkt aus, an einem kühlen Tag Ende September, nahm ich nicht ohne Mühe ein Telefonat aus der Außenwelt an. Es war der Sohn eines meiner ältesten Freunde, der mir mitteilte, dass sein Vater plötzlich gestorben war. Er war immer gesund und vital gewesen, wesentlich gesünder als ich, hatte jetzt jedoch eine Lungenentzündung gehabt, die er im Großen und Ganzen überstanden hatte, bis eines Abends eine Herzattacke den Schlusspunkt setzte. Ich trauerte um ihn, wir hatten uns seit langem nicht mehr gesehen, aber es war eine sehr lange Freundschaft gewesen, und mir blieb nichts anderes übrig, als über die hysterische Ironie zu staunen, dass er, der Starke, aus dem Leben gerissen wurde, während ich selbst hier Woche für Woche lag und auf das Ende wartete, begleitet von Studien und vorbereitenden Übungen, die durch diese Todesnachricht einen Anstrich von Lächerlichkeit bekamen. Ich fühlte mich ertappt. Hier wurde ich beharrlich näher an den großen Wasserfall gezogen, von einer immer stärkeren Strömung angesogen, lebte aber noch. Und gleichzeitig starb aus heiterem Himmel ein gleichaltriger Freund, eben noch lebhaft und ohne einen Gedanken an den Tod zu verschwenden, an den Folgen einer banalen Lungenentzündung.

Nun geschah etwas, das krank klingen mag, aber vielleicht nur natürlich ist: Es hatte den Anschein, als dürfte ich ein wenig von der Lebenskraft des Toten übernehmen, die mich bisweilen heruntergezogen hatte, wenn wir uns trafen. Jedenfalls ließ sich nicht leugnen, dass sich mein

Zustand in recht auffälliger Weise verbesserte. Während langer Phasen war ich vollkommen klar, konnte mich bis ans Fenster schleppen und in meinem Blickfeld zur Linken einen Zipfel der Herbstfarben sehen. Häppchenweise konnte ich sogar wieder lesen. Aber jetzt wollte ich aufmunternde Sachen haben, der Fahrtrichtung sozusagen den Rücken zukehren. Georg musste mir »Tom Jones«, Wodehouse, Evelyn Waugh beschaffen – es zog mich zum unbändig Aufgekratzten und Eskapistischen. Als er sich vorsichtig erkundigte, was in mich gefahren sei, nannte ich es mit einem feinen Lächeln »Vergessen unter Druck«, »Optimismus unter dem Galgen«. Das gefiel ihm. Ich erwähnte Kaurismäkis Film über diesen Mann, der einen Schlag auf den Schädel bekommen und das Gedächtnis verloren hatte. Den hatte er auch gesehen. Ich hatte mich an eine Bemerkung über *sisu* erinnert, jenen für die Finnen so typischen Durchhaltewillen: »Sisu ist, wenn man sich weigert zu sterben, aber bereit ist, es zu tun.« Ich erklärte, dass ich mich jetzt so fühle. Das schien ihn für mich zu freuen, aber sisu in diesem Sinne war ihm wohl eher fremd. Er war ein sehr ausgeglichener junger Mann, jedoch von stiller Hartnäckigkeit. Ein einziges Mal hätten wir fast Streit bekommen; ich fand, dass sein Einfühlungsvermögen zu weit ging, und wies darauf hin, dass seine Tipps zum Tod sicherlich eine große Hilfe für mich waren, ich das eigentliche Sterben letztlich jedoch selbst besorgen musste, worüber er froh sein sollte. Er reagierte verletzt, aber ich glaube, ich stellte unser gutes Einvernehmen wieder her, indem ich ihm versicherte, dass er mein wahrer Helfer in der Not und ein verlässlicher Freund war.

Doktor Möller kam eines Morgens herein und staunte nicht schlecht über meinen verbesserten Zustand. Er schien sich darüber allerdings nicht zu freuen und sein klinisches Staunen empfand ich als eine Beleidigung. Medizinisch gesehen solltest du längst weg sein. Das sagte er zwar nicht, aber ich las es in seinem Gesicht. Ich hatte mich nicht dem angepasst, was für andere galt, und das ärgerte ihn.

Dummerweise konnte ich den Mund nicht halten, meine neuen Kräfte machten mich streitlustig. »Geduld, Herr Doktor. Don't give up. Ich behalte meinen Platz in der Warteschlange. Die gelbe Lederjacke kann das Zimmer hier noch früh genug schließen.«

Er wurde natürlich sauer, aber auch ein bisschen kleinlaut, und ging, ohne etwas zu erwidern. Als Arzt war er sich wohl zu fein, um auf so eine Bemerkung etwas zu erwidern. Vielleicht war Dschingis ein Forschertyp, der lieber in einem Labor sitzen und sich nicht mit schwerkranken Menschen befassen sollte. Umso idiotischer von mir, mich mit ihm zu überwerfen. Im Gegensatz zu Georg hatte er Macht über mein erlöschendes Leben, auch wenn er sie kaum nutzte. Aber was soll's. Un peu d'esprit. Sisu!

Als wäre es eine Strafe für meinen Übermut, erwachte ich in der Nacht von starken Schmerzen, die durch die Verbesserung meines Allgemeinzustandes eine besondere Schärfe bekamen, und klingelte verzweifelt nach der Nachtschwester. Ich klingelte mehrmals, bis schließlich eine mir unbekannte Frau kam, die in irgendeiner slawischen Sprache in ihr Handy redete. Ihr Gesicht glänzte von Hautcreme und als sie herein kam, nahm ich den intensiven Duft eines Parfüms aus der Vorkriegszeit wahr. In meinem Dosiergerät war kein Morphium mehr und sie traute sich nicht, mir eine Spritze zu geben, weshalb sie vorgab, mich nicht zu verstehen, als ich sie bat, den diensthabenden Arzt wecken; vielleicht verstand sie mich auch wirklich nicht. Es wurde eine widerwärtige Nacht, und als am Morgen endlich Hilfe nahte, war ich in meinen früheren kraftlosen Zustand zurückgeworfen worden. Angela war untröstlich und bat mich, ihr zu verzeihen, dass sie nicht die Zeit gefunden hatte, die neue Krankenschwester zu informieren, die in ein langes Handytelefonat vertieft gewesen war. Sie wirkte erleichtert, als ich ihr selbstverständlich verzieh; ich wusste damals schon, dass die Kommunikation zwischen Tag- und Nachtpersonal zuweilen schlecht funktionierte, sie gehörten sozusagen verschiedenen Orden an.

Schlief ich? Nein, das war kein Schlaf. Aber es war ein Traum. Ich trat aus meinem Haus und der Kater, den ich früher einmal besessen hatte, folgte mir bis zur Grenze seines Reviers. Dort blickte er mir lange nach und kehrte anschließend langsam heim. Im nächsten Bild wartete er an seiner Grenzlinie auf mich und ging vor mir heim wie ein Führer. Mein Gefühl sagte mir, dass er mich abliefern und dann zu anderen Aufgaben zurückkehren sollte. Unausgesprochen war klar, dass er mir irgendwo meine Position freihalten sollte. Als Platzhalter. Doch dann, nach einem trüben Übergang, in dem ich bereits kurz davor war aufzuwachen, nahm die Handlung eine neuerliche Wendung: Als ich von zu Hause kam, erwartete mich der Kater an der Grenze seines Reviers und begleitete mich ins Unbekannte, wo wir verschwanden. Mittlerweile war er doppelt so groß. Aber es war derselbe Kater.

Es war eine neue Art von Traum, als träumte jemand an meiner Stelle. Er war vollkommen stumm und hatte etwas von einer belehrenden Fabel, etwas abstrakt, aber ich verstand die Botschaft nicht und hatte keine Lust, mein Gehirn damit zu belasten. Der Kater war jedoch sehr greifbar gewesen und hatte große Autorität ausgestrahlt. Möglicherweise der Vorbote, überlegte ich, einer intensiveren Offenbarung. Die noch kommen würde.

Fürs erste gab er mir andere Ideen ein. Ich begann mir auszumalen, diesen Ort zu verlassen. Wenig realistisch, aber ich fantasierte trotzdem ein komplettes Szenario zusammen. Die Schläuche abziehen, sobald die Nacht hereingebrochen ist, raus in den Korridor, raus durch den Notausgang. Und dann – na ja, ich würde vielleicht nicht sehr weit kommen, aber ich würde stehend und unter freiem Himmel sterben, umgeben von gesunden Menschen (auch wenn sie in ihren Betten lagen und schliefen). Es heiterte mich auf, so zu denken. Mein großer Fehler als Kranker bestand darin, dass ich nicht gelernt hatte zu vegetieren, und dann fällt es einem schwer »frohen Mutes zu verwelken« wie irgendein Gemüse. Ich wollte, dass mein Ende als ein plötzliches Ereignis kam, so wie man sich verliebt. Ein Schlag vor die Brust: Jetzt kommt etwas völlig anderes, auch wenn es nur das leere Nichts ist. Ein toller Zukunftsglaube – ich konnte Harry angesichts meiner gedanklichen Veitstänze in schallendes Gelächter ausbrechen hören.

Diese neuen Gedanken waren ein Glückstreffer, ein Segen für meine Stimmung, und das war wohl die Hauptsache. Die Schwestern waren verblüfft. »Sie sehen ja vielleicht verschmitzt aus«, meinte Birgit. »Was brüten Sie aus?« Ich antwortete natürlich ausweichend, aber so heiter, dass sich ihre Stirn noch mehr runzelte, was meine Stimmung zusätzlich hob. Die Illusion, die Initiative zurückerobert zu haben, lenkte meine Gedanken. Was war der nächste Schritt? Eine Identität? Aber natürlich, ich musste eine neue Identität haben. Nieder mit den Tibetern, finde ein neues Ich.

Es würde vielleicht zu einem abrupten Rückschlag führen, aber das war die Sache wert. Alles gesehen und erlebt – na und? Sich nie mehr an einem schönen Abend lieben – bestimmt nicht, aber es gab anderes. Ich war ja nicht das Leben leid, nur mich selbst. Ich war fertig mit einem verschlissenen Selbstbild und sehnte mich – reichlich spät – nach einem neuen. Und das erwartete mich in meiner kommenden Handlung, meinem Ausbruch aus der deathrow. Weg mit der herrlichen Ruhe, dem großen Blau und flauen Gefühl in den Weichteilen angesichts des finsteren Abgrunds.

Seit ich allein zurückgeblieben war, hatte ich nicht mehr so energisch gedacht, weshalb ich vor Anstrengung natürlich einschlief. Und ich träumte, sonst hätte ich hinterher nicht gewusst, dass ich geschlafen hatte. Ein scharfer und kolorierter Traum, keine sanften Grautöne wie in meinem Katzentraum. Anfangs jedoch keine deutliche Umgebung, sondern eine Atmosphäre aus Andeutungen, noch keine bestimmte Erinnerung, aber verlegt in die Dimension der Erinnerung. Zeit und Raum unbestimmbar, irgendwo in einer persönlichen Vergangenheit. Dann klärt sich das Bild auf einmal, der Vorhang hebt sich. Ich sitze in grellem Licht in einem spanischen Café, »Café Cristal« steht in Neonschrift über den Flaschen in der Bar. Das Lokal ist fast leer, nur ich und ein alter Kellner, der sich mit langsamen Schritten bewegt.

Es ist wie ein Bühnenbild, aber es kommt mir nicht wie mein Drama vor. Oder wie der Wald von Fontainebleau: Es ist etwas weit jenseits meines Lebensterrains, das mich nichts anzugehen scheint, aber dennoch von fataler Bedeutung für mich ist. Und mein Freund T ist wichtig für mich; jetzt taucht er im nächsten Bild auf und sitzt mir auf der Ledercouch, zwischen den großen Wandspiegeln, gegenüber. Das Licht ist inzwischen gedämpft, aber ich sehe, dass sein Gesicht zwar etwas verändert, aber trotzdem leicht wiederzuerkennen ist. Ich weiß im Traum, dass er seit langem tot ist, aber er ist noch so jung wie damals, vor vierzig Jahren. Es fällt mir schwer, seinem Blick zu begegnen, ich schaue zu Boden und sehe, dass dieser aus Leder ist, das die gleiche Farbe hat wie die Couch.

»Du hättest den Krankenwagen nicht rufen sollen«, sagt er, bestimmt, aber trotzdem nachsichtig.

»Was hätte ich denn sonst tun sollen.« Meine Stimme ist klar und traurig. Aber es gibt auch eine heimliche Freude: endlich ein Traum, in dem ich sprechen darf. Denn ich weiß, dass es ein Traum ist. Ich kann ihn sogar ein bisschen manipulieren, so dass ich mich im Spiegel sehe. »Du bist doch von irgendeinem Fuchsgift ausgeflippt und hast auf dem Boden gelegen und geschrien. Du warst nicht ansprechbar. Ich dachte, du wärst in Gefahr.«

»Ach was, ich bin doch Arzt. Hättest du nicht angerufen, hätte ich mich nach einer Weile wieder beruhigt. Du hättest mir ruhig die Hand halten und etwas Geduld aufbringen können. Kristina hast du auch noch angerufen. Das hat mich in Schwierigkeiten gebracht. Außerdem war es unnötig – ich habe mir dann ja doch ein paar Monate später das Leben genommen. Mit den gleichen verdammten Tabletten.«

»Ich wusste nichts von deinen Tabletten. Wie gesagt, du warst nicht ansprechbar. Na ja, ein Arzt, der in die Klapsmühle gefahren wird, schon klar, dass so etwas demütigend ist. Aber das war ja wohl kaum der Grund, aus dem du dir das Leben genommen hast, oder? Was willst du mir sagen?«

Darauf bekam ich keine Antwort, denn sein Platz war leer. Ich blieb allein zurück. An der Wand, vor der er gesessen hatte, erblickte ich nun ein Bild, das mir vorher nicht aufgefallen war. Der Traum verflüchtigte sich bereits, verlor allmählich den Faden. Das Bild an der Wand war ein Relief im römischen Stil, ein Portrait von T mit einem Lorbeerkranz auf dem Scheitel. Eine Stimme, die des Kellners, nehme ich an, sprach einen Namen aus: »Quintus Metellus«. Gefolgt von einem kurzen Lachen. Daraufhin wachte ich, mit einem schmerzhaften Ruck durch den Körper, abrupt auf; der Traum hatte mich berührt, aber ich war nicht so bedrückt, wie ich es vielleicht hätte sein sollen. Eher gestärkt, so als hätte ich Klarheit in einer Sache gewonnen, ohne zu wissen, welche es war. (Wieso eigentlich Quintus Metellus? Das war doch T, mein alter Freund, als römischer Feldherr. Wir hatten gemeinsam viele Kostümbälle besucht.)

Die Begegnung mit T tat mir gut, auch wenn wir nur wenige Worte miteinander wechselten. Ebenso wohltuend war, dass es ein starkes Ich in dem Traum gegeben hatte. Jede Replik war so deutlich, so exakt nach unseren richtigen Stimmen gestimmt gewesen, dass ich mich Wort für Wort an alles erinnerte, als ich erwachte. Es gab bei T, auch jetzt noch, einen speziellen subtilen Charme, der meines Erachtens mehr Eindruck auf Männer als auf Frauen machte, eine fast körperlose Leichtigkeit, die nicht zu den Worten passte, die er geäußert hatte, mich jedoch aufs Neue fesselte.

Ja, T war schon lange tot und hier lag ich nun und schöpfte Kraft aus seiner Gegenwart. Und dieses halb geträumte, robuste Ich, war das die »neue Identität«, oder war es die alte, die zurückgekehrt war?

Das blieb bis auf weiteres unklar. Vollkommen klar war dagegen, dass sich die wiedergewonnenen Kräfte nicht ausschließlich zu meinem Vorteil auswirkten. Ich erhielt auch die Kraft zurück, Angst zu bekommen. Kleine Panikkrämpfe, kurze Schübe einer eiskalten Todesangst. Eine gnädige Natur schützt uns glücklicherweise davor, an diesem bloßgelegten Grauen länger als ein paar Sekunden am Stück festzuhalten. Tiere, die bei lebendigem Leib von Tigern in Stücke gerissen werden, sollen über einen ähnlichen Schutz gegen den Schrecken und den Schmerz verfügen. Als friedliches Säugetier war ich in guten Händen.

Die wiedergewonnene Kraft hielt nicht lange vor, diese Kraft, im Traum laut zu sprechen, der Panik ins Auge zu sehen, wenn auch nur für ein paar Sekunden.

Das Austrocknen überschattet mittlerweile alles andere. Dennoch kein Durst, obwohl ich wesentlich weniger Flüssigkeit aufnehme, als ich ausscheide. Die Haut, die sich schuppt, das Jucken, das ich, der ich wie eine arme Marionette an Schläuchen hänge, nicht durch Kratzen bekämpfen kann. (Eine weitere Kanüle ist hinzugekommen, im Bauch.) Brennen und Schmerz, die ganze Palette des Elends, die mich dazu treibt, mich nach dem endgültigen Wohlbefinden zu sehnen. Aber in einem der Bücher über die Kunst des Sterbens, die sich neben mir stapeln, hat jemand gesagt, dass man nur bis zu einer gewissen Grenze leiden kann, es erfordert viel Kraft, große Schmerzen zu haben, und diese Kraft schwindet allmählich. Außerdem konkurrieren die verschiedenen Schmerzpunkte miteinander, der stärkste hebt die anderen auf und am Ende ermüdet selbst er ein wenig. Aber nur für kurze Zeit, er kommt wieder!

Ja natürlich, das stimmt, der große Schmerz übernimmt das Kommando und presst die anderen herab. Meine anhaltenden Rückenschmerzen zum Beispiel, mit ihren Ausläufern bis ins Becken – gestern Morgen waren sie spurlos verschwunden und sind bisher nicht zurückgekehrt. Und der große Schmerz wird vom Morphium zurückgedrängt, meinem Wohltäter, das mehr und mehr zu meinem Ein und Alles geworden ist. Doch als der Morphinist, der ich inzwischen bin, spüre ich auch, dass ich austrockne und als Person gebrochen, weniger menschlich werde. Wenn das schlimmste Verlangen einsetzt, schone ich nicht einmal meine geliebten Schwestern, sie werden Objekte, Vehikel, Zubehör für eine Morphiumspritze. Jede andere Flüssigkeit scheint dazu verdammt zu sein, bis zum letzten Tropfen ausgetrieben zu werden, wie ein ausgewrungener Aufnehmer fühle ich mich, so trocken, dass Staub aufstieben müsste. Wie üblich hat der Traum einen besseren Überblick über die Lage als mein seelenloser Wachzustand und zeigte mir heute Morgen, wie die Dinge liegen. Ich sagte vor einer Weile – vor zwei Tagen? Fünf Tagen? –, dass ich nicht dafür geschaffen bin, vor mich hin zu vegetieren. Der Traum lehrte mich etwas anderes. Und es war ein richtiger Traum, ich steuerte nichts.

Es begann mit einem Juckreiz im After, geträumt, aber sicher auch real – und als ich die Hand dorthin bewegte, um etwas dagegen zu unternehmen, was jedoch nur als Traum möglich war, bekam ich etwas zu fassen, das sich wie Kraut anfühlte und aus dem Darm wuchs. Als ich dieses Bündel Möhrenkraut loszuziehen versuchte, spürte ich, dass es um meine Finger staubte. Und das Kraut löste sich nicht, es war Teil meines Körpers; als ich zerrte und zog, schmerzte es in den Wurzeln tief in meinem Inneren, und verzweifelt, gedemütigt und kurz davor, mich zu übergeben, musste ich schließlich aufgeben. Ich erwachte rasend vor Wut; die Demütigung hatte mich geweckt. Früher oder später werde ich nur noch vegetieren, dachte ich in meinem ersten Zorn, hybridisiert, in den Kreislauf der Natur eingespeist werden. Aber hatte das denn solche Eile! Ich bekam große Lust, meinen verräterischen Körper mit einem großen Glas Whisky zu bestrafen, ich hatte den Geschmack schon auf meiner Sandpapierzunge. Zum ersten Mal begriff ich voll und ganz meine toten

Zimmergenossen, ihre vernichtende Antwort an die Natur, die sie so schamlos verhöhnt hatte.

Dass es um mich staubte – nein, qualmte –, ekelte und beunruhigte mich in ganz besonderer Weise, ich glaubte den Qualm sogar zu riechen. Plötzlich war ich hellwach. Gab es auf dem Gelände etwa ein Krematorium? Was trieben sie eigentlich, diese stummen und gleichsam kuschenden Menschen, die auf dem Hof Schlange standen? Ich habe nicht mehr die Kraft, mich höher zu hieven, um sie richtig sehen zu können, aber ich höre umso mehr, da ist ein neues Geräusch, als schleppte man etwas Schweres über den Asphalt, wie Mülltonnen aus Plastik klingt es. Oder etwas anderes Schweres und Hohles. Man bekommt einen grausigen Vorgeschmack.

Ich döse ein wenig in der Abenddämmerung. Angela geht durchs Zimmer. Sie hat kein besonderes Anliegen, will nur nach mir sehen, die Vorhänge zuziehen. Sie setzt sich auf die Bettkante, legt ihre Hand auf meine Brust. Ich verspüre eine vage Lust, nicht die große Lust, aber eine Erinnerung an damals, nach der Operation, als sie hier saß und ich ihre wunderbaren Schultern und einen Kopf sah, der schön war wie das Vasengemälde einer dunklen Göttin. Sie war eine namenlose Offenbarung und schenkte mir eine Lebenslust, auf die ich als frisch Operierter wahrlich nicht vorbereitet war. Sie sagte nichts, murmelte nur etwas, oder summte, ich dachte, dass sie sang, war aber natürlich nur benebelt. »Neue Spritze?«, brachte ich heraus, und daraufhin nickte der Kopf der

Göttin mit einem Lächeln, das in meinen Augen mehr als mütterlich war, ein neckisches Lächeln, ein erotischer Appell. Aber es waren bestimmt nur meine Augen, die fantasierten, das Lächeln war mit Sicherheit mütterlich.

Und das ist es jetzt auch. Wenn überhaupt. Sie steht auf und wirft mir einen prüfenden Blick zu, ein bisschen wie der Mann in der gelben Jacke – ich will diesen Eindruck verhindern, schaffe es aber nicht mehr. Dann zieht sie die Vorhänge zu und geht ohne ein Wort, in all ihrer Pracht.

Sie hat sich verändert. Ich auch. Diese qualmende Trockenheit, der Rauch, der mit meinem Körper abzieht. Auch die Seele verflüchtigt sich. Hier gibt es keine Summe des Lebens, es gibt nichts mehr zu summieren, was meine Überlegungen natürlich vereinfacht. Die Zeit verrinnt wie zuvor, aber jetzt verrinnt sie leer und transportiert nichts. Das ist nicht nur furchteinflößend, darin liegt auch eine Freiheit. Kein Gepäck mehr, das einen belastet. Die Selbsterforschung? Kann man bei einer derart ausgetrockneten Person vergessen. Trocken und leicht, direkt unter der Decke schwebend. Nicht nur im Traum ist das Ich nun dahin. Es kehrt bestimmt zurück, wenn sich der Körper wieder mit seinem Angebot an Qualen meldet. Die Ruhe und Stille, die mich umschließt, ist ja ein Vorschuss auf den Tod, und so einfach wird es nicht sein. Damit kenne ich mich inzwischen aus, der Lebenswille kehrt in Schüben zurück, das ist nach der Operation so gewesen und – ich schäme mich ein wenig, es zu sagen

– als ich meine Kameraden tot vor mir liegen sah. So lange ich lebe, werde ich zwischen diesen beiden Polen pendeln: endlich die große Stille nach allem Lärm, und auf der anderen Seite ein nicht zu bezähmendes Grauen vor der Auslöschung, nie mehr zu sehen und zu erleben, Punkt und Schluss auf einen Schlag. Die meiste Zeit will ich leben, so lange und so schmerzfrei wie möglich. Doch die nächste Drehung der Garrotte besteht darin, dass dieser Wille immer dann am stärksten ist, wenn die Schmerzen am größten sind, wenn ich mich panisch verteidige. Während die Bereitschaft zu sterben, ja, die Sehnsucht in die Tiefe zu gleiten, mich in der herrlichen Ruhe erfüllt, die mir das Morphium schenkt.

Ich betrachte meine Hand: die Kanüle im Handrücken, große blaue Adern. Bin das ich? Nein, das kann ich nicht fühlen, und das ist ein schönes Gefühl. Es ist schön, sich von diesem Ich auszuruhen, das alles gesehen und erlebt hat, oder zumindest alles mögliche, das sich abgenutzt hat durch all die Wiederholungen, das tägliche Einerlei, unerbittlich und unveränderlich, Zähne putzen, Teewasser aufsetzen, mit der Mülltüte vors Haus gehen und so weiter. Schön, all diesem Toten zu entgehen, denke ich. Dann ist da aber auch noch die Wärme gewesen, die man gegeben und bekommen hat, »sich lieben an einem schönen Abend«, der Funken der Wahrheit in dem sanften Griff, wenn man in das Sein selbst gleitet. Die Sonne auf einer weißen Wand am Mittelmeer im Dezember. Aber wo war das Ich in diesen vollkommenen Augenblicken?

Auch in ihnen verschwunden. War dies nicht das Glück: nicht über sich selbst zu stolpern.

Noch einmal: Nicht das Leben bin ich leid, sondern mich, und ich würde mit Freuden eine neue Identität annehmen. Doch das ist nicht vorgesehen, man bekommt keine zweite Chance. Verbrauchen und wegwerfen. Das ganze Material, das man im Laufe eines Lebens in seinem Schädel ansammelt, seltsam, dass es spurlos vergehen soll. Die Natur kümmert sich in ihrer Rücksichtslosigkeit ja nur um unsere Chemikalien – und nicht einmal das, seitdem es wieder modern geworden ist, sich in Rauch aufzulösen. Andererseits: Wer erhebt Anspruch auf dieses Gewirr aus Erinnerungen, Erfahrungen, Gedanken, das es in jedem einzelnen von uns gibt? Wer in diesem noch größeren Gewirr aus Menschen hat Lust, sich damit auseinanderzusetzen? Auch während man lebt, erhalten die anderen doch nur von einem Bruchteil Kenntnis, und was man selbst überblickt, ist bei Weitem nicht alles. Und dann, schwupps, ist es fort. Der menschliche Tod, welch eine Verschwendung trotz allem.

Ich kann mir denken, was Möller dazu sagen würde. »Ihr Innenleben ist eine Fantasiewelt, die uns nichts angeht. Wir sind im Besitz der Wahrheit über Sie. Die biologisch, materiell ist. Sie gehören jetzt uns, dies ist eine Schädelstätte.« Aber ein solcher Gedankenaustausch kommt nicht zu Stande, aus verschiedenen Gründen, aber vor allem, weil sich der Herr Doktor nicht mehr hereinwagt. Genauso wenig, wie die meisten anderen Ärzte, es gefällt ihnen nicht, hoffnungslose Fälle zu besuchen, weil diese sie an ihr Scheitern erinnern. Die Krankenschwestern sind da mutiger, aber die zwei, die ich nicht kenne, halten sich fern; vielleicht haben sie ihre Stelle verloren. Der schwarze Raumpfleger ist unverändert sanftmütig und freundlich, er bringt mich dazu, mich als sein hochverehrter Gast zu fühlen. Rigmor steckt gelegentlich den Kopf zur Tür herein, ich nehme an, um sich zu vergewissern, dass ich noch lebe; wenn ich dies tue, nickt sie kurz und zieht den Kopf zurück, ihre hübsche Figur habe ich schon lange nicht mehr gesehen. In letzter Zeit betrachte ich jedes Gesicht eingehender, es wird dazu vielleicht keine weitere Gelegenheit mehr geben.

Meine Überlegungen drehen sich immer schneller im Kreis, zittrige Halbkreise sind besser gesagt alles, was ich noch hinbekomme. Deshalb ist es befreiend, wenn jetzt plötzlich Angela ins Zimmer stürmt. Sie ist ganz offensichtlich wütend auf jemanden und will ihrem Ärger Luft machen; dass ich kaum die Kraft haben werde zu reagieren, hat sie vergessen, und das rührt mich. Ihr Zorn gilt Doktor Wodarz, der deutschen Sterbeforscherin, die mich bisher noch nicht mit ihrem Besuch beehrt hat. Möglicherweise liege ich für eine Sterbeforscherin noch nicht genug im Sterben, oder bin aus anderen Gründen uninteressant. Sie mag gehört haben, dass ich nicht geneigt bin, zu akzeptieren. Wie dem auch sei, Angela fängt jedenfalls an, sich über diese Person auszulassen, die sie Giséla nennt.

»Angela, reiß dich zusammen«, keuche ich. »Sie mag

eine Hexe und Sterbeforscherin sein, aber sie heißt Gísela. Warum nennst du sie Giséla?«

»Weil sie mich Angéla nennt.«

»Aber so sagen sie es auf Deutsch. Angéla Merkel.«

»Wir sind hier in Schweden.«

»Wohl wahr. Ich werde Giséla zu ihr sagen, wenn es dich freut. Aber ich werde wohl kaum Gelegenheit dazu bekommen.«

»Du solltest meinetwegen nichts riskieren. Sie könnte böse werden und dir eine Todesspritze geben. Wie in Auschwitz.«

»Aber Angela! So etwas kann man heute nicht mehr über deutsche Ärzte denken. Sie ist bestimmt in Ordnung.«

»Mag sein. Aber ich kann sie nicht leiden. Sie ist unfreundlich zu uns Schwestern.«

»In Deutschland ist alles formeller. Sie wird es schon noch lernen.«

»So lange du lebst bestimmt nicht mehr. Entschuldige.«

»Adieu, Angéla!«

Aber ich war gar nicht wütend auf sie. Die kuriose Unterhaltung munterte mich vielmehr auf, und ihre boshaften Gedanken machten sie nur noch hübscher. Ich lachte so gut es eben ging; ich hatte das Gefühl, mein Skelett würde klappern. Sie war schon aus dem Zimmer, öffnete aber noch einmal die Tür und lachte mit. »Pass bloß auf«, sagte sie. »Giséla lacht zuletzt.«

Mir verging das Lachen. Nicht etwa, weil ich Angst vor Doktor Wodarz gehabt hätte. Sondern weil mir auf der Zunge gelegen hatte, Angela zu fragen, ob sie demnach generell gegen tötende Spritzen und Euthanasie war, oder nur gegen das Modell Auschwitz. Es hätte wie ein Verdacht geklungen, in meinem und anderer Namen, und ich bin froh, dass ich stumm blieb. Ich war von dem Gefühl erfüllt, einer großen Gefahr entronnen zu sein.

Die Tendenz, mich mit etwas krankem Humor aufzumuntern, hält an. Birgit, meine andere Freundin, wenn auch ihrer Natur nach herber als Angela, überraschte mich eines Tages mit folgendem schroffen, aber herzlichen Wortschwall:

»Jetzt raffen Sie sich mal auf, Sie alter Sack! Jetzt ist hier erst einmal Schluss mit der Sterberei, die Leichen drängeln sich in den Aufzügen. Hier soll gelebt werden, stimmt's? Lassen Sie es ruhig ordentlich was kosten, vergessen Sie die Steuerzahler. So eine Spritze zum Beispiel, wissen Sie eigentlich, was die unsere Gesellschaft kostet? Hab ich mir doch gedacht. Und es interessiert Sie nicht einmal. Her mit dem Arm!«

Herzerwärmende Worte, genau das, was ich brauche. Für mich ist das wahre Mütterlichkeit, wie ich sie von meiner eigenen Mutter kenne. Der Birgit ansonsten nicht im Geringsten ähnelt. Angela ähnelt meiner Mutter – als junge Frau, als die dunkelhaarige junge Frau, die ich nie gekannt habe. Angela, die ich so inbrünstig liebe, wie ich es noch vermag, warum um den heißen Brei herumreden – ist sie dabei, mich an Birgit zu »übergeben«, die mich freundlich für die letzte Wegstrecke in Empfang nimmt? Der Gedanke kommt mir. Aber das ist nichts, was ich will. Es ist wahr, dass Angela mittlerweile seltener bei mir sitzt, aber das könnte auch an anderen Dingen liegen, vielleicht fällt es ihr schwer, mich immer schwächer werden zu sehen. Sie empfindet meine letzte Zeit sicher als eine Aufgabe, die ihr auferlegt worden ist, und jetzt sind wir uns zu nahe gekommen und deshalb scheut sie.

Daran hätte ich früher denken sollen. Aber Nähe ohne viele Worte kann ich von beiden bekommen, Mitleid werden sie mir ersparen. Deshalb habe ich mir auch Besuche verbeten; ich will kein Mitleid in Augen erblicken, die mich einst mit Liebe oder Freundschaft ansahen. Das ist Gift für jemanden wie mich, es ist der Tod als Vorschuss. Ja, ich weiß, Versehrtheit berührt. Aber genau das will ich nicht: mit meiner Versehrtheit berühren. Sie ist meine Sache; sie vorzuzeigen riecht nach passiver Fügsamkeit. Wenn ich berühren will, soll es mit meinen aktiven Impulsen geschehen, bis sie und ich selbst ein Ende haben. Ganz besonders graut mir davor, mir »einfühlsame« Worte über den Tod und die Weisheit, ihn brav zu akzeptieren, anzuhören. Deshalb bin ich froh, dass sich Wodarz fern hält, und denke nicht, dass sie mich etwas lehren kann, was ich nicht schon gelesen habe; in welchem Geist ich sterben werde, wird sich zeigen, wenn der Moment gekommen ist. Mir fällt schon etwas ein. In Schweden werfen wir uns gerne vor, dass wir nicht über den Tod sprechen wollen. Aber das ist bestimmt der kleinste unserer Fehler, und zu unserer Verteidigung muss man wohl sagen, dass es leicht ist, über den Tod zu fantasieren, aber schwer, etwas Wesentliches vorzubringen, bevor man ihn selbst erlebt hat, und danach ist man verhindert. Sich über das Sterben anderer zu äußern, wäre noch vermessener. Worüber man nicht sprechen kann, darüber muss man schweigen. Für einen Besserwisser gibt es hier nichts zu holen.

Wenn mein Freund und Instrukteur Georg mich sagen gehört hätte, was ich soeben gesagt habe, hätte er es als eine Bestätigung meiner tiefen Todesangst aufgefasst.

Die herrliche Taubheit breitet sich vom Kopf bis zu den Füßen aus. Birgit sitzt noch auf meiner Bettkante. Sie nimmt sich Zeit für mich, will mich nicht einfach abhaken.

»Hasse? Du gibst doch nicht auf?«

»Mein Körper gibt auf. Nicht ich. Auf kurze Sicht gewinnt er nichts dadurch, dass er mich quält, denn wenn man leidet, lebt man und schlägt Krach. Aber am Ende werde ich natürlich immer schwächer, und es wird mir wichtiger, dass die Schmerzen aufhören, als dass das Leben weitergeht.«

»The bright side of death.«

»The silver lining zumindest. Aber warum sprechen

wir Englisch. Es ist bestimmt Dschingis Jan, der uns damit ansteckt. Birgit, liebe Freundin, versuch ihn fernzuhalten, wenn es soweit ist. Das ist vielleicht auch gar nicht so schwer. Er soll eine Heidenangst vor Sterbebetten haben.«

»Die hat er bestimmt. Aber er könnte sich verpflichtet fühlen. Um vor Wodarz nicht sein Gesicht zu verlieren. Vor der fürchtet er sich auch.«

»Dann werden wir meinen Exitus wohl so timen müssen, dass mir dieses Paar erspart bleibt.«

Das passte ihr nicht. Sie warf mir einen fragenden Blick zu. Sah auf die Uhr und verließ mich hastig. Ich war zu direkt gewesen, sie verstand es als eine Aufforderung. Eine Bestellung.

Aber ihre Reaktion war trotzdem beruhigend. Wichtig an unserem Gespräch war bis auf weiteres etwas anderes: Es gefiel Birgit, dass ich nicht aufgab, nicht akzeptierte. Die herrschende Ideologie lautet, sich ruhig und würdevoll in sein Schicksal zu ergeben, wenn keine Hoffnung mehr besteht; für das persönliche Umfeld ist es so am bequemsten. Deshalb fühlt man sich geborgen dabei, diesen starken Menschen an seiner Seite zu wissen, und ich verlasse mich darauf, dass sie aufrichtig ist. Die Hoffnung habe ich fahren lassen, das ist wahr, das Ende kommt bald – in einer Woche, in vierundzwanzig Stunden – aber ich habe die Absicht, mich bis zuletzt zu wehren. Börje und Harry taten das nicht, sie akzeptierten auf ihre Weise, nicht passiv, sondern durch eine Handlung.

Es war schön, dies zu sehen, und ich muss mir eingestehen, dass dieses Festklammern am Leben nicht völlig unerschütterlich ist und nicht von ganzem Herzen kommt; unter meiner trotzigen Haltung verbirgt sich die sanfte, aber mächtige Versuchung aufzugeben, die sich in kurzen Momenten in reiner Lust Bahn bricht, anders kann ich es nicht nennen. Meine »Zähigkeit« ist möglicherweise vor allem der sportliche Vorsatz, »alles zu geben«.

Ich merke, dass ich mich wieder einmal zwiespältigen und halben Gedanken hingebe, anscheinend fange ich an, wirr zu werden. In diesem Moment denke ich beispielsweise Folgendes: »Es ist alles vorbei, das weiß ich, aber es fühlt sich nicht so an. Und das ist besser, als zu wissen, es gibt eine Chance, ohne es zu fühlen.« Also vegetiere ich weiter, schwebe zuweilen beinahe heiter auf den Flügeln des Morphiums und der Einfalt und denke an das Ende, das sich nicht anfühlt wie ein Ende. Es ist eine toxische Euphorie, wie auch Mystik und Musik sie auslösen können, nicht zuletzt, wenn die Erschöpfung einsetzt, die – ich habe es bereits gesagt – ein größerer Todesverführer ist als der Schmerz. Wie sind wir wandermüde, wie Schwarzkopf eines Nachts in meinem Kopfhörer sang, ist das etwa der Tod? Und was folgt, ist eine rasches Geschehen, wie eine kurze Melodie ohne Worte, oder nur ein Akkord.

Aber dennoch: Mitten in aller Erschöpfung gibt es weiterhin eine Art Intensität, ein erregendes Bewusstsein zu existieren, das im normalen Leben gefehlt hat; vielleicht ist gerade der Mangel an Lebensgegenwart Normalität. »Wo der Tod ist, bin nicht ich« – ein beliebtes Wort des Trosts. Ja, stimmt genau, und auch nirgendwo anders, folglich greift dieser Trost nicht. Existieren will ich ja, leidend oder nicht, und so lange es geht.

Während ich das denke, frage ich mich gleichzeitig, ob ich mir mit meinen Grübeleien nicht alles nur noch schwerer mache. Soll ich sie aufgeben, so wie ich meine Todesstudien im Großen und Ganzen aufgegeben habe? Verringern die Mühen den Druck, wie ich mir das erhofft habe, oder führen sie eher dazu, dass sich jede Sorge wiederholt? Die Idee war doch, mich so sehr in Bilder und Theorien über den Tod, den Tod anderer und den Tod generell zu vertiefen, dass mein eigener aus dem Blickfeld verschwand oder zumindest teilweise erledigt war, wenn ich an die Reihe kam. Ehe es zu spät war, wirklich zu spät, hätte ich mich auf den Rat meiner Mutter besinnen sollen, einen ihrer besten: Wenn man sich schlecht fühlt, soll man sich auf etwas konzentrieren, was einen nicht betrifft; das erleichtert. Dagegen hatte ich mich einer Stelle in Thomas Manns Zauberberg entsonnen, auf die Georg mich ein bisschen widerwillig, aber auch stolz aufmerksam gemacht hatte: »Der Mensch soll um der Güte und Liebe willen dem Tode keine Herrschaft einräumen über seine Gedanken.« Aber hatte ich nicht ausgerechnet das getan, auch wenn es um den Tod in Büchern gegangen war, nicht den Tod hier und jetzt. Therapie und Beschwörung, das Heilmittel aus der Seuche gewinnen. Kein Todestrieb, glaubte ich wenigstens. Keine Unterwerfung. Güte und Liebe? Ja, die Güte hat mich immer als eine Abweichung erstaunt, die für mich immer unerreichbar blieb, und die unsere moderne Welt lästig findet. Über die Liebe weiß ich mehr, und nie habe ich dem Tod in meinen Gedanken Macht über die Liebe eingeräumt – auch wenn sie sich in meiner Jugend einmal nahekamen. Auch sehe ich keinen Machtkampf zwischen ihnen; stattdessen vereinigen sie sich von Neuem, in einer mütterlichen Gestalt, die der Todesgöttin von Kyrene ähnelt, allerdings mit einem, wenn auch undeutlichen, Gesicht. Sie wird mich in Empfang nehmen und in ihren Armen auslöschen.

Diese letzte Vorstellung flatterte für einen Moment vorüber und schenkte mir dann Frieden. Jetzt geht es schnell voran, ich bin sehr schwach. Der Schlummer ist mein natürlicher, ein schwereloser Zustand bei Tempo Null. In ihm fühle ich nicht mehr, dass ich sterben werde, sondern eher, dass ich nie geboren wurde, und nun wird ein kurzer, euphorischer Traum aufgeführt, der davon handelt, wo ich am liebsten geboren werden möchte, und Landschaften werden aufgeblättert wie in einem Reisekatalog, man braucht sich nur eine aussuchen. Ich bleibe praktisch sofort bei einer Stadt am Mittelmeer hängen, ein volkstümliches Viertel, Menschengewimmel, und bin restlos zufrieden damit. Dann verblasst die nette Szenerie und ist verschwunden. Grauer Überdruss stellt sich ein, ich bin schon halb wach. Doch dann taucht ein neues

Bild auf: eine graue, senkrechte Wasserfläche, die das gesamte Blickfeld ausfüllt. Aber sie fällt nicht, sie ist ein See mit kleinen Wellen, die sie schillern lässt. Dann erstarrt sie, immer noch grau, zu Sanddünen. Keine Menschen, kein Leben. Aus Furcht, die Wand aus Sand könnte umkippen und mich unter sich begraben, wache ich überstürzt auf.

Aber der Schock sitzt nicht so tief, dass ich nicht unmittelbar darauf in einer neuen Vision versinke, die so wehmütig und wirklichkeitsfern ist, als wollte sie mich trösten. Keine Neuschöpfung, sondern spielerisch weitergesponnene Bilder aus der Erinnerung. Aus vierzigjähriger Tiefe taucht sie auf, die Statue von Beaumarchais irgendwo an der Bastille. Er macht einen Tanzschritt, jongliert neckisch mit seinem Stock und signalisiert, dass das Spiel beginnen kann. Hinter ihm hebt sich der Vorhang und die Bühne zeigt einen Garten mit kleinen runden Büschen und … Dann kommt nichts mehr. Warum jetzt, dieser Auftakt zu etwas Heiterem und Lustigem und Spöttischem? Fliehe ich in die Peripherie, um ironisch auf das Schreckliche blicken zu dürfen, das weiter innen vorgeht, so wie man am leichtesten einschläft, wenn man wach bleiben soll und keinen Schlaf findet, wenn man unbedingt schlafen muss. Jetzt also Beaumarchais, jedoch nur als eine flüchtige Erinnerung, ein Spieler und Spaßmacher und liebenswerter Mensch, fröhlich und gesprächig – weiter konnte man sich nicht von einem Sterbebett in Schweden entfernen, und deshalb hatte er nun für einige Augenblicke meine volle Aufmerksamkeit. *Pas de rapport*, der Tod hat ihn nie interessiert, schlechter Stoff für eine Komödie; das Leben abgesehen von den Momenten aus Theaterpathos und Aufregung an den Spieltischen vielleicht auch nicht. Es war wohl ein Tschüss, mein Guter!, das er mir vom Theater ausrichtete, das ich auch geliebt hatte, von der Komödie und von jenem *comédien*, der ich so gerne gewesen wäre. Den Spieler, der mit seinem Stock spielte, begriff ich zudem als einen Gruß von meinem traurigen Freund Börje.

Zurück zur Welt der Schmerzen, die mittlerweile auch die Blase umfasst. Meine eigene Welt wird immer enger, ich liege in meiner abgestumpften Einsamkeit und sehe, wie die letzten Wirbel von Leben, wie mir scheinen will, in den finsteren Abfluss gesogen werden. Die Ärzte lassen sich kaum noch blicken, auch der gemütliche Chirurg lässt mich im Stich, aber seit mir klar geworden ist, wie sie einen Sterbenden ohne Familie und seine verlorene Sache sehen, kann ich nicht behaupten, sie zu vermissen. Tröstlich ist, dass dies die Nähe zu den beiden Schwestern vergrößern kann, die sich noch um mich kümmern und von denen ich inzwischen völlig abhängig bin.

Mir fällt ein, wie ich mich als Kind oft darüber gewundert habe, dass ich nicht schon gestorben, vom Balkon gefallen, von einem Lastwagen überfahren, in der

Riddarfjärden ertrunken war. Dieses Staunen bei einem ansonsten lebhaften Jungen hörte im Alter von zehn Jahren auf. Noch heute, und mehr denn je, frage ich mich, was dahinter steckte. Eine besondere Nähe zum Tod bei Kindern, manchen Kindern? Bei mir zumindest, so viel weiß ich. Mein Vater starb, als ich noch sehr klein war, das ist mein Urerlebnis, vage überschattet von Schuld, wahrscheinlich die Trauer und Schuldgefühle meiner Mutter, die auf mich abfärbten. Trauer und Schuld waren ihre Grundstimmung, und das erklärt – glaube ich heute –, dass meine Liebe zu ihr immer distanziert blieb. So erkläre ich mir auch mein Fehlverhalten an ihrem Sterbebett: Ich schlief ein. Ich schlief vielleicht fünf Minuten; währenddessen starb sie. Diese Treulosigkeit oder dieses Missgeschick hat natürlich, gerade in letzter Zeit, in meinen Träumen gespukt. Ja Mutter, sagte ich vor ein paar Tagen in einem Fiebertraum zu ihr, ich habe geschlafen, als du gestorben bist, aber kannst du mir das nicht endlich verzeihen? Ich habe es dreißig Jahre lang bereut. Und das ist nun *mein* Sterbebett, mach es bitte nicht zu einer Folterbank. – Darauf gab sie mir keine Antwort.

Ein früherer Muttertraum war unheimlicher. Ich habe viel durchgemacht, setzte ich an. Aber ich habe mich niemals schwer versündigt. – Da irrst du dich, sagte sie. – Wieso? Wann denn? – Das musst du selbst herausfinden. – Geht es um dich? – Wie gesagt: Denk selbst nach. – Aber liebe Mutter, erspare mir das. Ich werde doch bald sterben. – Denk!

Damit verließ sie den Traum. Sie blieb hart, und es war mein schlechtes Gewissen, das sie so gestaltete, sie war es im wahren Leben selten und niemals so extrem. Ich war ihr gegenüber nicht sonderlich großzügig und tolerant und sie rächte sich manchmal in kleinen Dingen, mit Sicherheit vor allem, um mich auf meine Kälte aufmerksam zu machen. Doch auch bei ihr gab es Kälte, von ganzem Herzen meine Mutter war sie nur, solange Vater lebte, ihre einzige große Liebe. Als er nicht mehr lebte, war sie unfähig, meine Existenz im tiefsten Inneren zu bejahen, sich darüber zu freuen, dass es mich gab; zu sehr entwickelte ich mich zu einer blassen und oftmals entmutigenden Erinnerung an ihn. Jetzt ist sie zurück und bei mir in meiner letzten Zeit. Gott sei Dank nicht ohne Gesicht, eher mit zweien: die Mutter, die mich in Liebe gebar und die Frau, die meinen Totenschädel meißelte. Die Lebensspenderin, die Todesspenderin.

Hier in der wachen Welt erlebe ich eine andere Doppelung. Birgit, die mütterliche, und Angela, die begehrenswerte. Meine Nähe zu ihnen, besonders zu Angela, wird durch meine körperlichen Veränderungen, meinen aufdringlichen Verfall gestört. Nur für kurze Momente kann ich vergessen, dass ich einfach schlecht rieche. Ich finde, das mit dem Geruch, der mir vor den Schwestern sehr peinlich ist, hätte ruhig noch etwas warten können. Kann denn nicht wenigstens *ein* Kelch an mir vorübergehen, denke ich verbittert. Da ich es nur mit großer Mühe bis zum Fenster schaffe, muss ich jemanden bitten, es zu öffnen, woraufhin es schon bald wieder geschlossen wird, weil es herbstlich kalt geworden ist. Meine Schwäche und Unbeweglichkeit zwingen mich, auch bei intimeren Verrichtungen Hilfe in Anspruch zu nehmen. Ich nähere mich dem Paketstadium: Noch bin ich ein Mensch, aber wohl kaum noch ein Mann in den Augen einer Frau. Aus der größeren Wärme, die es sicher einmal gab, ist Anstand und Mitmenschlichkeit geworden, beantwortet von Dankbarkeit und verhaltener Zärtlichkeit. Ich bin mit mir und meinem Leben fertig, nie wieder werde ich etwas in Angriff nehmen, nie wieder jemanden lieben. Ich habe kaum noch die Kraft, zu träumen und zu fantasieren, Dinge, die mich früher manchmal davon abhielten zu leben.

Zwei meiner sekundären Körperfunktionen haben sich dem Abwärtstrend lustigerweise nicht angeschlossen: Haare und Nägel wachsen wie nie zuvor. Oder sie wissen sehr wohl, wie die Dinge liegen, und wollen die verbleibende Zeit nutzen. Diese unerwartete Loyalität rührt mich ein wenig.

Ein anderes Angebot von Unterstützung kommt vom Team der Geistlichen, die durch Birgit ausrichten lassen, dass sie mich besuchen können, wenn ich dies wünsche. Ich hätte es eher zu schätzen gewusst, wenn das Angebot von einem Individuum mit einem Namen gekommen wäre, am liebsten von Anna-Britta, und nicht von einem anonymen Kollektiv. Folglich lehne ich dankend ab. Ich habe ja meine beiden Göttinnen, die mich in der Stunde der Not besuchen. Das muss als Seelsorge reichen.

Doch am Ende können auch sie mir nicht helfen, und ich versuche mich damit zu trösten, dass es bereits so unfassbar viele Tote gibt, man lässt seinen eigenen kleinen Tod in der Masse verschwinden. Und hat man nicht schon eine Ewigkeit als Ungeborener überstanden? Ein weiteres Mal erweist sich die Ichlosigkeit als Weg zur Linderung, ein bisschen feige womöglich, aber es hat immerhin große Vorgänger gegeben, worauf mich Georg aufmerksam gemacht hat, auch wenn sie mir weniger bedeuteten; sie sind im rein physischen Sinn vor ein paar Tagen verschwunden, als er die Bücher still eingepackt und mein Leben verlassen hat. Ich dankte ihm so gut es ging mit meiner brüchigen Stimme. Mit den Büchern kam ich weit, aber nicht bis ans Ziel. Jetzt stehe ich allein vor der schwarzen Tür, ich so gut wie alle anderen vor mir. Der Trost der Philosophie ist kaum mehr als eine Erinnerung.

Die Selbstauslöschung als Generalprobe vor der tatsächlichen Auslöschung lässt einen Schlupfwinkel der Hoffnung offen. Für immer zu sterben, ist das nicht viel zu grandios für eine unbedeutende Person wie mich, mehr Gewalt, als die Not erfordert? Ein Weile auf Reisen, na gut, dann aber wiederkommen, als wäre nichts passiert, erschiene das nicht angemessener für uns triviale Wesen? Bis zu diesem Punkt reichten meine Kräfte zum Spötteln, ehe ein unwiderstehlicher Dämmerzustand dem Ganzen ein Ende machte.

In der Traumshow, die augenblicklich begann, debütierte ich als Kannibale. Beim zärtlichen Abschied von einer Frau, die mir – im Traum – nahestand, knabberte ich zärtlich ein Stück von ihrer Nase ab. Sie erhob keine Einwände dagegen, war eher gerührt von meiner Geste und entfernte sich, ohne dass ich dazu kam, die Verstümmelung zu sehen; wir nahmen beide ganz selbstverständlich an, dass ihre schöne Nase nachwachsen würde. Im nächsten Moment machte ich mir jedoch Sorgen: Und wenn sie es nicht tat? An dieser Stelle wurde die Handlung durch Schmerzen in der Blase unterbrochen.

Halbherzig taste ich in meinem abgestellten Gedächtnis nach einer Deutung. Kastration lag natürlich nahe. Vielleicht auch die Auflösung des eigenen Körpers – die Nase war verblüffend mürbe und leicht zu kauen gewesen, und hatte den Geschmack einer überreifen Birne gehabt. Aber wie konnte das in aller Seelenruhe geschehen? Die sexuelle Tendenz war offensichtlich, jedoch schelmisch, ungezwungen, keinesfalls aggressiv.

Ich fürchte, dass dieser Traum ein Schlaglicht auf einen Verfall wirft, der körperlich, aber auch seelisch ist. Ich habe das Gefühl zu *hören*, wie das Bewusstsein auseinander fällt und Wrackteile zur Oberfläche aufsteigen, beispielsweise Bruchstücke aus Verszeilen wie »Meine Qual beginnet«, »Nun ist es Zeit zu eilen«, »Es wird a Wein sein«, »Weißt du noch eines Frühlings in Lund« … Obwohl es durchaus eine merkwürdige Logik in diesem Chaos gibt, in dem sich jeder Punkt, jede einzelne Phrase auf meine Dämmerungssituation bezieht, jedoch keine Verbindung zu den übrigen hat. Dass ein so kaputtes Gehirn ein so strenges Muster hervorbringen kann! Vielleicht reißt sich das Unbewusste zusammen, wenn das Bewusstsein faselt, außerdem ist immerhin möglich, dass in meinem Schädel noch mehr ist, als ich glaube. Es ist wohl so, dass ich klar denken könnte, wenn es denn einen Grund gäbe, es zu versuchen, ich aber gute Gründe habe, es zu lassen. Und dass es nicht nur die Gedanken an den Tod sind, vor denen ich zurückschrecke, sondern ebenso sehr die endgültige Selbsterkenntnis, die mir dieser Tiefpunkt anzubieten, oder mit der er zu drohen scheint. Sich selbst von Grund auf zu kennen, kann nur schrecklich sein, es hieße, Bilanz zu ziehen und für immer aufzugeben. Dann lieber immer höhere Dosen, vielleicht sogar »die volle Dosis« und ein Tod in Verwirrung. Andererseits –

So, jetzt hatte ich mir schon wieder Gedanken gemacht. Ich habe nicht, oder nicht mehr, den Ehrgeiz, dass mein Sterben eine gewisse Qualität halten soll. Und die »Würde«, die in aller Munde ist? Es ist schon merkwürdig, dass eine Gesellschaft, die sich ansonsten keinen Deut um Würde schert, auf einmal diese Forderung erhebt, wenn man stirbt. Die Fürsorge, die hier das Wort ergreift, gilt im Grunde den Lebenden. Aber das habe ich sicher schon einmal gesagt.

Wieder ist es Angela, die weitere pseudokluge Überlegungen unterbricht; eine Wohltat. Ich habe nach ihr geklingelt, aber nicht um Morphium zu bekommen; ich bin im Moment fast schmerzfrei, und es ist eigenartig, wie schnell man selbst schwere Schmerzen wieder vergisst. Ich bitte um die Bettpfanne und als ich mich ein wenig beklage, muss ich mir anhören, ich solle froh sein, dass es noch auf natürlichem Weg herauskommt. So so. Froh sein, zufrieden sein, akzeptieren, resignieren. Ein passiver, dankbarer Patient sein. Als sie so mit der Pfanne in der Hand dasteht, bin ich deshalb pathetisch genug, aus schierem Protest mit ihr zu flirten.

»Es wäre nett gewesen«, bringe ich heraus, »dich zu kennen, als noch mehr Leben in mir war.«

»Denn dann würdest du –« Sie spielt mit!

»Tja, warum nicht. Nimm dich in Acht, vielleicht komme ich ja wieder zu Kräften. Und erhebe mich wieder. Werde wieder ganz der Alte.«

»Das würde dir nicht gut bekommen.« Sie kichert tatsächlich. Wunderbar.

»Nicht ›gut bekommen‹ ist toll! Soll ich mir jetzt auch noch Gedanken über meine Zukunft machen? Schenk mir bitte einen Schluck Wein ein. Hier wird nicht gestorben, hier wird gesoffen.«

Ich habe eine symbolische Flasche Rotwein in dem Schränkchen neben meinem Bett stehen. Ich bekomme mein Glas, nehme einen Schluck, den ich sofort aufs Laken huste; ein recht hübscher Farbtupfer in der bleichen Einrichtung. So können wir noch einmal gemeinsam lachen, und das Bettpfannenritual ist für diesmal überstanden. Ich bin rundum zufrieden. Es kommt mir vor, als wäre es mir gelungen, das Übel zu demütigen.

Von einem Tiefpunkt kann es nur noch aufwärts gehen, pflegt man ja zu hören. Doch der Aufschwung währt nicht lange, denn kaum hat Angela das Zimmer verlassen, als ich auch schon in dem Elend zurück bin, das der Körper mir aufzwingt. Ohne Angela kein Leben, und der Weingeschmack in meinem Mund ist sauer und abgestanden wie schlechter Essig, der Vorgeschmack von etwas Fremdem und Feindlichem. Oder es ist der gesammelte Nachgeschmack von allem, was ich in meinem Leben getan und nicht getan habe.

Aber ich konnte und wollte ihn nicht analysieren, da blieb ich stur. Dann ist es doch besser, ihn auszuspülen; ich trinke noch einen Schluck und darf ihn bei mir behalten. Hatte ich mein Leben nicht früher studiert, als ich noch die Kraft dazu hatte, war es bestimmt keine gute Idee, jetzt damit anzufangen. Meine Schwäche ist meine Entschuldigung. Der eigentliche Grund ist natürlich, dass ich mich gründlich satt habe und allmählich blasiert werde. Nicht ohne kleine Anflüge von Rührseligkeit, wie jetzt, nachdem ich ein bisschen Wein intus habe. »Es wird a Wein sein, und mir wer'n nimmer sein«, sang ich einmal in einer Revue mit Wiener Liedern im Theater – oder war es in einem Rundfunkprogramm? Das drückt exakt meinen momentanen Gemütszustand aus, so lange der Schmerz Ruhe gibt und nur ferne grummelt. Das ist natürlich reiner Nihilismus, gewürzt mit einer Prise Schwelgerei.

Widerwillig entsinne ich mich Ciorans, der eine andere Art Nihilist und einer von Georgs Lieblingen ist.

Er behauptet, das Tolle an den Qualen sei, dass sie uns davon abhielten, blasiert zu werden. So so, vielen Dank, aber das ist mir zu puritanisch. An einer anderen Stelle preist er ganz offen den Tod und sieht ihn im Verhältnis zum Leben, in dem man erst als seniler Mensch Glück erfahren kann, als einen Fortschritt. Zum Glück würde ich folglich nicht mehr vorstoßen. Cioran ist meines Erachtens zu kokett, man muss nicht erst senil werden, um unreflektiertes Glück zu genießen, es ist immerhin auch für Kinder und Verliebte im Angebot. Man merkt, dass da der abtrünnige Sohn eines Geistlichen spricht, nicht zuletzt, wenn er bemerkt, dass Spekulationen über ein Leben nach dem Tod am besten müßigen Menschen wie Buddha oder Jesus in den Kram passen; mit einer Vollzeitstelle wären sie nur banale Quengler und Sonderlinge gewesen. Ciorans wollüstiger Religionshass gründet sich natürlich auf Verbundenheit; er erinnert an einen Prediger, der ständig die Pornographie verurteilt und dabei umfassende Sachkenntnisse verrät. Mein eigener Bedarf an Religion und Metaphysik ist nie sonderlich groß gewesen, aber ich muss zugeben, das Christentum ist eine Stütze für das Gewissen gewesen, so dass man nicht »die Umstände bejahen« und sich den gerade herrschenden Verhältnissen anpassen musste. Jetzt heißt es Anpassung bis zum Tod, das ist doch unser großer Irrtum, der uns davon abhält zu wachsen. Was kann man ihm entgegensetzen? Wenn ich sage, eine gewisse Haltung, benutze ich ein Wort, das gerne missbraucht wird; gemeint ist die verbliebene Unterstützung des Gewissens in einer bösen Welt: eine selbständige Haltung. So zersplittert mein Leben im Rückblick auch gewesen sein mag, ich habe trotz allem mein Bestes gegeben und anständig zu leben versucht. Doch weder menschlich noch künstlerisch haben meine Kräfte ausgereicht. Ich malte niemals mein Bild, nur der Rahmen wurde fertig.

Da habe ich mich also wieder einmal überanstrengt. Schwindel und Brechreiz stellen sich ein, die an Seekrankheit erinnern. Keine direkten Schmerzen, aber neue Symptome, vielleicht habe ich den Wein in zu großen Schlucken getrunken. Dann spüre ich mehrmals Stiche im Herzen; auch das ist neu. Ich muss sofort aufstehen und auf die Toilette gehen, es bleibt keine Zeit, auf die Schwestern zu warten. Darmschmerzen setzen mit mörderischer Wucht ein, ich sehe nur einen Schleier, alle Kraft rinnt aus mir heraus, alles andere auch, ich schaffe es nicht aufzustehen. Ich drücke den Knopf.

Birgit eilt mir unverzüglich zur Hilfe und es erleichtert mich ein wenig, dass es nicht Angela ist. Die Säuberungsprozedur ist ekelhaft, qualvoll, demütigend. Sie sagt, dass offenbar die Zeit für einen Beutel auf dem Bauch gekommen ist. Sie bemüht sich, nicht munter zu klingen, wofür ich ihr dankbar bin. Aber ich sage nein. Es ist traurig, zusätzliche Unannehmlichkeiten bereiten zu müssen, aber nicht noch ein Eingriff, wenn doch alles hoffnungslos ist. Was ich nicht sage ist, dass ich jetzt ein Ende haben will, zum ersten Mal will ich es von ganzem Herzen. Meine Existenz ist mittlerweile so reduziert, meine Sinne sind so geschwächt, dass ich die Außenwelt nur noch als kühle Watte wahrnehme, die mich einbettet, ich sehe nur einen grauen Nebel.

Sie gibt mir eine Spritze und bleibt eine Weile sitzen. Ich friere anfangs, spüre jedoch schon bald die Wärme ihrer Hüfte, die leicht gegen mein Bein drückt, es ist wie ein rettender Fels im kalten Meer. Langsam wird alles besser, die Wirklichkeit taucht wieder aus dem Nebel auf, ausnahmsweise finde ich, dass mein Zimmer schön ist: das spanische Bild, die Blume auf dem Tisch, das Fenster, das wie eine Verheißung von Freiheit einen Spaltbreit offen steht. Der Todeswille ist erschlafft und ich schlummere in Birgits Wärme zufrieden ein. Und schlafe traumlos.

Als ich erwache, ist es dunkel, und für einen Moment bezweifle ich, wirklich wach zu sein, tiefe Schichten haben sich offenbar darauf eingestellt, dass nicht mehr aufgewacht wird. Doch wach bin ich, eigentümlich wach, und die Dunkelheit ist nicht völlig dunkel. Ich liege wie immer auf dem Rücken, kann nicht anders. Durch das Fenster dringt diffuses Licht herein. Ein Viereck an meiner weißen Decke ist wie eine schwach beleuchtete Wasserfläche. Erneut habe ich die eigentümliche Vorstellung, dass ich dort oben in einem Zustand der Schwerelosigkeit schwebe. Das Fenster steht noch immer einen Spaltbreit offen, draußen herrschen milde Temperaturen, ich bekomme Lust, wie eine Nebelschwade durch den Spalt zu treiben und »auf dem Blumenrasen zu sterben«; exakt diese Worte kommen mir in den Sinn.

Ich schließe die Augen, denke an nichts, habe keine Schmerzen. Dann spüre ich einen kühlen Lufthauch auf meiner Wange, einen unbekannten Duft, eine sanfte Berührung. Als ich aufblicke, sitzt an der Decke, in der hinteren Ecke, eine Fledermaus. Sie hat sich dem Lichtfeld entzogen, aber ich sehe, wie ihre Augen mich aus dunklen Höhlen in ihrem kleinen Schädelgesicht betrachten. Ich bin ergriffen von ihrem Besuch, ergriffen ohne Trauer oder Furcht, mir treten Tränen in die Augen; das letzte Mal liegt weit zurück. Eine Art feierliche Zerknirschung übermannt mich, binnen kürzester Zeit werde ich zu einem Kind, das sich danach sehnt, dass alles wieder gut wird, aber sorglos und fest davon überzeugt, dass sein Wunsch in Erfüllung gehen wird. Wieder ein Kind, denke ich, keine schlechte Überraschung. Eine dichte und unwirkliche Stimmung, ein bisschen gefühlsselig, aber auch sinnig, und das Wesen dort oben hat sie still und aufmerksam heraufbeschworen. Ein freundliches Wesen aus einer anderen Sphäre; es sucht keinen Schutz, es beschützt. Ruhig und geborgen schlafe ich wieder ein.

Ich spüre eher, als dass ich sie sehe, Angelas Anwesenheit im Zimmer, und werde davon wach. Mir fehlt jede Vorstellung, wie viel Zeit vergangen sein mag – eine Stunde, eine Minute –, aber die Dunkelheit und das schwache Licht sind wie zuvor. Die Fledermaus hat ihren Platz verlassen, ich kann sie nicht sehen. Angela tritt stumm näher, irgendetwas lässt mich die Augen schließen und mich schlafend stellen, aber vorher habe ich flüchtig ihr blaues Kleid mit den hellen Punkten gesehen, das sie an jenem Abend trug, an dem meine Kameraden feierten und starben. Als sie glaubt, dass ich schlafe, macht sie kehrt und geht so leise hinaus, wie sie gekommen ist.

Ich merke nicht nur an mir selbst, dass mein Ende nah ist, sondern ebenso deutlich an einem äußeren Detail: Es wird häufiger geputzt. Damit könnte man ruhig warten, finde ich. Aber wenn meine Zeit abgelaufen ist, werden die Ärzte wohl zurückkommen, um mich zu betrachten, zu nicken und zu kommentieren, und bis dahin soll dafür gesorgt sein, dass es hier proper aussieht. Der einzige Vorteil des Putzfimmels besteht darin, dass ich mehr von dem liebenswerten farbigen Raumpfleger und seiner eleganten Haltung zu sehen bekomme, niemals eine fahrige oder ruckhafte Bewegung. Ich glaube, dass ihn die weibliche Umgebung ganz in ihren Bann geschlagen hat, er bewegt sich wie in einem stillen Rausch.

Ja, jetzt beginnt der fünfte Akt. Fragt sich nur, wie lang er sein wird. Ich muss schon ziemlich tot aussehen, denn heute Morgen ist eine Taube zum Fenster herein gehüpft, als wäre das Zimmer jetzt frei. Das ist es im Grunde schon länger gewesen, da ich mein Revier nicht mehr behaupten kann. Nun wollte mir der Vogel auch nicht die Augen aushacken, zumindest noch nicht, sondern schaute sich nur um, ohne mir Beachtung zu schenken – ein wenig wie der Lemur in der gelben Jacke –, und hüpfte anschließend wieder hinaus. Die Fledermaus ist mir lieber und ich hoffe, sie will zurückkommen. Am liebsten schon heute Nacht.

Doch daraus wurde nichts. Weder in dieser Nacht, noch in der nächsten. Molière starb auf der Bühne, als er den eingebildeten Kranken spielte, das Publikum dachte, es würde zum Stück gehören. Unschlagbar. Ich selbst bin nachweislich sterbenskrank, aber es fällt allmählich auf, dass ich nicht sterbe. Das macht das Personal nervös, selbst meine beiden Schwestern, auch wenn sie sich alle Mühe geben, es nicht zu zeigen. Bald schaut Möller sicher höchstpersönlich vorbei, um sich den zähen Tattergreis anzusehen und dessen Langlebigkeit als sein Verdienst darzustellen.

Ich habe keine Ahnung, was schiefgelaufen ist. Nicht einmal der Beutel auf dem Bauch steht noch zur Diskussion, die Funktion ist den Umständen entsprechend wieder normal. Ich habe nicht einmal Fieber. Gut, es qualmt nach wie vor um mich herum, die wundgelegenen Stellen sind wie immer und es zieht und schneidet im Unterleib. Aber es geht mir nachweislich besser, ich liege nicht mehr in den letzten Zügen. Nicht, dass ich wieder Hoffnung schöpfen könnte, weit gefehlt, aber das Ende kann sich noch ein wenig hinauszögern, lässt Möller ausrichten, nachdem er die neuen Werte zur Kenntnis genommen hat, die ihm übermittelt wurden. Als einen Fortschritt scheint er das nicht zu sehen.

Vielleicht bin ich ja paranoid, aber es liegt in der Luft, dass ich ein bisschen schneller machen sollte. In meiner intimen Mythologie ist die unerwartete Besserung ausschließlich das Verdienst der Fledermaus. Sie will, dass ich ihr folge und den Weg durchs Fenster wähle. Ich werde in den Tod stürzen und das wäre dann endlich eine Handlung, ein großes Finale, dann fällt der Vorhang. Die Handlung ist alles, denk an Börje und Harry, welch ein Schneid! Studieren und nachdenken haben ihre Zeit, aber nur die Handlung ist letztlich von Wert, auch die Liebe ist eher eine Handlung und ein Ereignis als ein Gefühl. Und der Tod, warum nicht? Ich habe bereits erwähnt, dass drei meiner besten Freunde von eigener Hand starben. Meines Erachtens ein Irrtum, sie waren noch jung, sie hätten weitermachen können, sahen aber die vorhandenen Auswege nicht. Ich habe sie vermisst. Trotzdem bewunderte ich ihren Mut. Aber ich selbst, hier und jetzt? Der Verfall geht doch seinen gewohnten Gang, unwiderruflich, ich habe hier nichts mehr zu gewinnen und erfreue niemanden damit, ein verstümmeltes Leben in die Länge zu ziehen. Was also hält mich zurück?

Vor Sterbehilfe scheue ich mich, weiß im Übrigen auch gar nicht, ob sie zu bekommen ist. Vermutlich nicht, wenn man Doktor Wodarz fragt. Meine Studien haben mich gelehrt, dass Sterbeforscher meistens gegen Sterbehilfe sind und deutsche Sterbeforscher, aus offensichtlichen historischen Gründen, noch mehr als andere. Meine eigenen Erfahrungen im Endstadium geben ihnen recht. Sein oder nicht sein: Die Antwort auf diese Frage ändert sich mit dem momentanen Zustand, das habe ich in diesen Wochen an Leib und Seele erfahren, was für mich Grund genug ist, auf diese Hilfe zu verzichten. Und wäre es nicht verantwortungslos, die Tötung einem anderen zu überlassen, der einen kaum kennt?

Ein Selbstmord mag zwar voreilig sein, ist aber immer eine legitime Handlung, über sein eigenes Leben bestimmt jeder selbst. In meiner Situation wäre er mit Sicherheit richtig. Übrigens bin ich vorher schon einmal in meinem Leben in Versuchung geraten, ein einziges Mal, und aus ganz anderen, ja umgekehrten Gründen: nicht zu wenig Lebenskraft, sondern zu viel. Es war die große Leidenschaft, die ja auch eine Nahtod-Erfahrung ist. Und das vollkommen konkret, eine Sehnsucht nach dem gemeinsamen Tod, jedoch nicht aus Verzweiflung oder Einsicht, sondern aus Glück, ein romantischer Liebestod. Wir suggerierten es uns gegenseitig mit den Formeln der absoluten Erotik, standen eng umschlugen auf einem Felsabsatz am Meer und sagten uns, dass wir nur so die Vollkommenheit, die wir erlebten, bewahren, ja steigern konnten – zwar auch auslöschen, aber nur so würden wir von der unausweichlichen Ermattung verschont bleiben. Wir hätten uns nicht einiger sein können, sprangen jedoch nicht. Und die Ermattung kam, genau wie vorhergesehen, recht bald und das Ganze endete damit, dass sie mich wegen eines Anwalts verließ, der eine größere Wohnung und ein Reitpferd besaß.

Warum diese Abschweifung zu längst Vergangenem? Nur um zu sagen, dass ich heute wie damals zu feige bin, um zu springen und dem ein Ende zu machen, was im Grunde schon vorbei ist. Georgs Schnellkurs in der Kunst des Sterbens gab mir viel Stoff zum Nachdenken, aber das meiste ist mit all seiner Weisheit wie weggeblasen, und geblieben ist nur eine angenehme Betäubung hinter dem Stirnbein. Für den Notfall habe ich mir ein paar Dinge aus Peter Nolls Buch gemerkt, das meinem eigenen Krankheitsverlauf nahesteht. Im Gedächtnis geblieben sind mir witzigerweise Ideen, die ich überhaupt nicht teile: Dass der Gedanke an den Tod das Leben wertvoller macht und es einfacher ist zu sterben, wenn man sich sein Leben lang mit dem Gedanken auseinandergesetzt hat. Er ist sicher ehrlich, aber auf mich trifft das nicht zu; auch nicht, wenn er behauptet, Eros gehe zum Ende hin in Agape über. Dagegen habe ich erlebt, dass sich die Bereitschaft zu sterben bei starker Euphorie einstellt – eine perfekte Mahlzeit, ein begnadeter Liebesakt: Man hat die optimale Dosis bekommen, dem ist nichts mehr hinzuzufügen. Doch darüber habe ich mich bereits ausgelassen und es ist nicht mehr relevant. Religiöse oder andere Skrupel, selbst den Schlusspunkt zu setzen, habe ich nicht. Doch wie sollte es gehen? Nach der kleinen Verbesserung meines Zustands, unerwartet und mit Sicherheit nur von höchst kurzer Dauer, kann ich mich zwar bis zum Fenster bewegen. Aber ich will nicht auf dem Erdboden zerschellen, der kein Blumenrasen mehr ist, sondern ein klebriger Herbstmorast. Es ist nicht hoch genug, ich habe Angst, nicht zu sterben. Hält Angela eine Lösung bereit? Ihr Anschleichen im Dunkeln vor ein paar Nächten hatte etwas von einem Todesengel, ich könnte mir keinen schöneren wünschen. Und das Kleid, das Festkleid, um meine Kameraden zu erfreuen. Aber wagt sie das wirklich? Ein Obduktionsverbot habe ich nicht unterschrieben, und ich wehre mich beharrlich gegen diese von einem anderen Menschen herbeigeführte Todesart – selbst wenn dieser Mensch Angela ist und es so gesehen ein Liebestod für ein einsames Herz wäre.

Anstrengende Überlegungen. Der Motor unter dem Bett summt verständnisvoll, als ich das Kopfteil absenke, um mich erholsam auszustrecken und eine Weile die kostbare Schmerzfreiheit zu genießen. Es wird bereits dunkel, aber es fällt mir schwer, mich zu entspannen, ich erwarte meinen stillen Besucher. Nun, das kann dauern. Stattdessen bekomme ich den denkbar verblüffendsten Besuch: Doktor Wodarz. Die ich bisher nur flüchtig gesehen habe, ein weißer Kittel, der im Korridor vorbeiflatterte. Nun sehe ich, dass sie eine ziemlich zartgliedrige

Frau ist, mit ergrauten, zurückgekämmten Haaren und einer schmalen, weißen und *glänzenden* Stirn, wie Porzellan. Sie grüßt anfangs nicht, sondern setzt sich und schnappt in meinem Sessel in der Ecke nach Luft.

»Eine Ärztin zu dieser späten Zeit? Du meine Güte, Doktor Wodarz.«

Sie grüßt eilig. Sie versteht wahrscheinlich kein Schwedisch und schenkt meinem ironischen Tonfall keine Beachtung. Sie ist aufgebracht, oder vielleicht auch nur erschöpft. Doch, sie ist aufgebracht, sie habe gehört, dass ich eine gebildete Person sei, sagt sie, und sie wolle gern mit einer solchen sprechen, die Patient ist und kein Arzt. Anschließend folgt eine lange Litanei über die Mängel in der schwedischen Hospizpflege, deren Philosophie und Organisation, und insbesondere das massive Unwissen in ihrem Fachgebiet, der Sterbeforschung, das erstaunlich sei für eine Station, auf der die Sterblichkeit bei hundert Prozent liege, nicht mitgezählt die vielen unheilbar Kranken, die entlassen würden, um daheim zu sterben. Es ist eine Manie von ihnen, die Leute nach Hause zu schicken, klagt sie. Ich versuche einzuwerfen, dass es dafür bestimmt finanzielle Gründe gibt, bei uns hat alles finanzielle Gründe, womit man auch nicht hinter dem Berg hält, wie in einer Reihe anderer Länder. Sie redet weiter, ohne meine Äußerung zu beachten. Kompetente Sterbebegleitung, sagt sie, Hospizpflege generell, könne nicht im erforderlichen Maße praktiziert werden, wenn es keine Institutionen gebe, die sich ausschließlich um diese Patientengruppe kümmerten – *usque ad finem*, fügt sie hinzu, als wollte sie meine »Bildung« überprüfen.

Das alles erläutert sie in gebrochenem Englisch, ihre Stimme ist dünn, aber leidenschaftlich. Ich nutze eine unerwartete Pause, um zu bedauern, dass ich, der ich zwar im Sterben liege, aber nicht heimgeschickt worden sei, zu dem Thema nicht sonderlich viel beitragen könne, im Großen und Ganzen aber der gleichen Meinung sei wie sie. Worauf ich sie bitte zu entschuldigen, dass ich nun müde bin, mich für ihren Besuch bedanke und mich zum Schlafen zurechtlege. Die Audienz ist beendet. Dann höre ich nichts mehr und als ich eine oder zwei Minuten später die Augen aufschlage, ist die unwirkliche Episode vorbei; sie hat sich lautlos zurückgezogen.

Und dann wird geschlafen, ohne Unterbrechung. Das hat es schon lange nicht mehr gegeben. Aber es betrübt mich am Morgen, dass ich so meinen Freund mit den Samtschwingen verpasst habe – falls er denn hier war. Ich spreche mit Angela, die mit dem Morphium ein bisschen spät dran ist; ich habe wieder Schmerzen, allerdings schwächere als vor zwei Tagen. Auch jetzt erwähne ich meine stumme Besucherin nicht; viel von ihrer Kraft ergibt sich daraus, dass sie mir allein gehört. Aber ich erzähle von Wodarz und ihrem Wortschwall und bitte darum, dass dies unter uns bleibt, es soll sich keiner den Mund darüber zerreißen, dass sie sich einem Patienten anvertraut hat. Angela schnaubt und bleibt stumm. Das irritiert mich, und ohne meine Worte abzuwägen, füge ich hinzu, Wodarz sei gegen Sterbehilfe. Dafür habe ich keinen Beleg, sie hat während unseres kurzen Gesprächs kein Wort über Sterbehilfe verloren, das war etwas, was ich in ihre Worte darüber, sich um die hoffnungslosen Fälle *usque ad finem* zu kümmern, hineininterpretierte, es bestärkte mich in meiner eigenen Einstellung.

Angela erstarrt, weicht meinem Blick aus und sagt immer noch nichts. Man sieht ihr an, dass sie glaubt, ich wollte auf irgendetwas hinaus. Das will ich ja auch, ich will mich vor der Versuchung schützen, diese Art von Barmherzigkeit anzunehmen. Sie macht den Weg frei für böse Geister, von deren Existenz Angela vielleicht nichts weiß. Sie geht verstimmt ihres Wegs, ohne mir wie sonst an der Tür zuzuwinken.

Jetzt ist es wieder Abend. Jetzt kommt der Rückschlag. Nach drei stabilen Tagen verschlechtert sich mein Zustand schnell. Das war ja zu erwarten. Alte und neue Schmerzen, kein Schlaf, eine größere Dosis Morphium. Worauf warte ich noch.

Ich bin fest entschlossen, mich wachzuhalten, und lehne Schlafmittel ab. Das Fenster steht weit offen, nicht nur einen Spalt. Draußen ist es lau und feucht. Ich lösche das Licht und warte. Das Licht von draußen, flimmernd vom Nieselregen, spielt unruhig an der Decke.

Stunden vergehen und nichts geschieht. Also schlafe

ich natürlich ein, nicht einmal meinem neuen Freund zuliebe gelingt es mir, mich wachzuhalten. Ich bin zu müde zum Leben. Doch in meinen zeitlosen, ichlosen Limbus dringt ein Laut, einmal, mehrmals, ein klatschender Laut, als entfalte man mit einem kleinen Ruck eine Serviette. Er weckt mich nach und nach und ich blicke zum Fenster und auf das helle Feld an der Decke, es rührt sich nicht mehr, der Regen hat aufgehört. Und die Zimmerecke ist leer. Keine Fledermaus. Ich mache Licht, dann sehe ich sie. Sie sitzt, oder hängt, direkt über meinem Kopf an der Decke. Sie ist ganz still, die großen Augen betrachten mich gleichsam über die Schulter, prüfend, aber auch freundschaftlich. Wieder steigen mir Tränen in die Augen; das ist so überwältigend. Das ist Liebe. Mir ist, als blickte die Natur in mich hinein, als heiße sie mich nach meinem langen Ausflug wieder willkommen. Ich denke an meinen Traum von dem Kater und entsinne mich eines anderen stummen Besuchers, der mir den gleichen Blick zuwarf, den Blick aus einer anderen, autonomen Welt. Es war eines Herbsts in meiner Kindheit, jeden Morgen in der Dämmerung überquerte ein Fuchs unser Grundstück, immer in der gleichen Bahn, blieb zweimal abrupt stehen, sah mich an, der ich am offenen Fenster stand, und setzte seinen Weg fort. Nacht für Nacht hielt ich mich bis zu seiner Ankunft im Morgengrauen wach, eine Zeit am Tag, die ich sonst fürchtete und noch heute fürchte. Ich bewunderte ihn innig und wollte so sehr, dass er es erfuhr. Dann, eines Morgens, kam er nicht, auch am nächsten und übernächsten Tag nicht, und später erfuhr ich, dass eine Seuche alle Füchse in unserer Gegend getötet hatte. Ich war zwölf. Ich trauerte lange um ihn – trauere noch heute um ihn –, seine souveränen, entschlossenen Schritte über die Bühne hatten mir etwas Wichtiges zu sagen, ich wusste nur nicht was. Weiß es bis heute nicht und werde nun selbst verschwinden.

Die Fledermaus rührt sich nicht von der Stelle, möglicherweise hat sie ihre Flügel ein wenig ausgebreitet. Ihre eingeklappten Flügel lassen mich an Harry und seine Armbeuge denken, und ich stelle mir vor, dass ich zur Decke hinaufgreife und ihre samtene Haut berühre, die gleichzeitig Harrys ist; sein Brandmal schreckt mich nicht mehr. Die serene Regungslosigkeit meines Gasts, seine wartende Haltung, die sich direkt an mich wendet, steht in einem starken Kontrast zu den Nachtfaltern, die nervös gegen die Bettlampe prallen. Ich spüre, wie sie mich zu sich zieht, wie ich langsam zur Decke gehoben werde und in einer anderen Sphäre bin, die nicht die des Traums ist, sondern einer größeren Wachheit. Ich werde in ihren Blick gesogen, falle aufwärts und in einen tiefblauen Himmel hinein. Dann kehrt sich die Perspektive um, alles, was ich noch habe, fließt in dieses Wesen, das mich freundlich in Empfang nimmt, ich bin eins mit ihm, es ist meine verbliebene Gegenwart. Aus der Höhe sehe ich unten meinen Körper liegen, diesen erbärmlich mageren Körper, ausgestreckt auf dem Rücken, gequält und besiegt. Dort liegt er, denke ich, und zum ersten Mal in meinem Leben spüre ich, dass dieser Körper nicht nur mir gehört, sondern auch mein Freund ist, der einzige, der treu an mir festgehalten hat. Ihn schließlich so zu sehen, ist der Beginn einer Trennung, ein Abschied. Und die Fledermaus ist hier, um es uns leichter zu machen.

Danach setzt die Dunkelheit ein, ein glücklicher, bildloser Dämmerzustand. Er wird von ein paar leichten Flügelschlägen gegen meine Stirn beendet; ich erkenne sie jetzt und fürchte mich nicht mehr vor dem schwachen, feuchten Druck, der folgt wie ein fallender Wassertropfen, ein Kuss zum Abschied. Mit halbgeschlossenen Augen sehe ich sie zum Fenster hinaus flattern, leicht schwankend und unsicher dem Licht des Morgengrauens entgegen.

Damit ist der Abschied vollzogen, der letzte Gruß empfangen und beantwortet worden. Nun aber sträubt sich der Körper in der letzten Runde; vielleicht ruft er nach einem menschlichen Kontakt, nein, nach einem einzigen Menschen und einem anderen Abschied. Ich hatte mit meiner Trance und meiner Erhebung den Ereignissen vorgegriffen. Mein Dämmerzustand währt nur kurz, die Schmerzen schlagen erneut zu, mit Abstinenzangst grundiert, und ein nächster Durchgang des Leidens setzt ein, als ich schon hoffte, es wäre alles vorbei. Natürlich könnte ich die Nachtschwester um eine Spritze bitten, aber ich kenne sie nicht und dann gibt es immer Diskussionen und ich will das Dasein nicht bettelnd verlassen. Lieber versuche ich durchzuhalten, bis gegen acht eine »meiner« Schwestern ihren Dienst antritt. Wenn ich denn so lange durchhalte, das sind noch fast zwei Stunden. Schluss mit allen Erinnerungen und dem schlechten Gewissen, Sehnen und Muskeln schmerzen neben allem anderen und meine einzigen Gedanken und Rufe sind »Lass mich in Ruhe« und »Lass es eine Ende haben« und »Hilf mir!« Auch das möglicherweise Bettelei, aber sie richtet sich zumindest nicht an jemanden – oder tut sie das doch?

Wenn überhaupt, dann an meine Mutter, und da lugt das Gewissen trotz allem hervor, *in extremis*. Aber sie antwortet nicht, so sehr ich meine völlig ausgelaugte Fantasie auch anspanne. Also starre ich in die Lampe und versuche mich dadurch abzulenken, dass ich die Insekten in dem schmalen Lichtkreis zähle, die es übrigens auch langsam leid sind und sich zum Fenster und ins Tageslicht zurückziehen.

Jetzt friere ich zu allem Überfluss, aber die Kälte kommt von innen, die Morgenluft ist mild. Es ist wohl Schüttelfrost, denn seltsamerweise werden meine Qualen so abgeschwächt, dass ich, mit klappernden Zähnen, sogar kurz einschlafe. Und dabei bleibt es, bis Birgit mit der erlösenden Spritze in der Hand vor meinem Bett steht. Geweckt hat mich der Knall, mit dem sie das Fenster geschlossen hat. Das ist ja ein Ding, schießt mir durch den Kopf, es ist also immer noch möglich, mich zu wecken!

»Willst du dich jetzt auch noch erkälten!«

Ich muss grauenvoll ausgesehen haben, denn sie wurde, ungewöhnlich genug, verlegen.

»Entschuldige«, berichtigt sie sich schnell. »Sei mir bitte nicht böse.«

Auch noch eine Entschuldigung! Dann mache ich es wirklich nicht mehr lange.

»Es ist alles verziehen«, knurre ich, »wenn du mir jetzt meine Spritze gibst.«

Sie tut es. Endlich.

»Angela hat mich gebeten, heute nach dir zu sehen. Sie lässt grüßen. Sie kommt heute Abend und übernimmt die Nacht.«

Heute Abend! Der Gedanke, sie nie mehr zu sehen, entsetzt mich. Kein Wunder, sage ich mir verbittert, dass sie mir die Spritze nicht geben oder mich auch nur ansehen will. Immerhin habe ich angedeutet, dass sie tödliche Dosen verabreicht. Ich Idiot musste sie ja unbedingt auf die Probe stellen.

Birgit sieht meine Verzweiflung. »Du weißt doch, dass Angela ein bisschen sensibel ist. Es fällt ihr schwer, dich leiden zu sehen. So ist das. Sie hängt sehr an dir. Ich auch, aber das weißt du ja.«

Das war nett gesagt von Birgit. Mein dankbares Lächeln gerät leider zu einer Grimasse. Sie hätte ein besseres Lebewohl verdient gehabt. Meine böse Ahnung ist, dass sie Angela überreden musste, heute Abend zu mir zu kommen und Angela mir eigentlich nicht begegnen will. Allerdings weiß sie ja auch nicht wie ich, dass es das letzte Mal sein wird. Dass ich mit allem und allen abgeschlossen, mich ausgesöhnt und mich verabschiedet habe. Außer von ihr.

Dieser Tag im Oktober, der in meinen Gedanken der letzte Tag ist, vergeht im Halbschlaf und unter halben Schmerzen und tiefer Erschöpfung. Das Morphium kappt den größten Teil meiner Wahrnehmungen. Am Abend muss ich wach sein, das ist das einzige, was mir noch etwas bedeutet.

Sie kommt, und ich bin, soweit die Umstände es zulassen, wach. Alles ist still, alle scheinen heimgegangen oder gestorben zu sein. Doch, sie weiß, dass es das letzte Mal ist, ich sehe es ihr an, sie kennt sich aus mit den Ergebnissen der Proben und den Fieberkurven, nach denen ich nie gefragt habe. Ja, sie trägt ihr blaues Kleid und hat die Schwesternjacke abgelegt. Und sie hat mir verziehen und ist meine Freundin. Ich heiße die Spritze willkommen wie all die anderen Male auch, es gibt kein Misstrauen mehr.

Sie öffnet das Fenster, da sie weiß, dass ich es will.

»Bleib einen Moment sitzen. Nimm meine Hände. Sieh mich an, wir werden uns nicht mehr sehen. Ich bin mir sicher.«

Ich höre, dass meine Stimme wie ein Gurgeln klingt und verstumme bedrückt. Ich würde mir wünschen, gemeinsam zu schweigen, fürchte jedoch, dass sie gehen wird, wenn ich nichts sage. Sie spürt es und ich werde mehr als erhört. Sie streift ihre Schuhe ab und legt sich neben mich. Dann habe ich keinen Wunsch mehr. Aber ich erinnere mich an den, der ich noch vor kurzem war, der in sie hineingleiten, sich in ihr bewegen und den Atem mit ihr teilen wollte. Hat man das verloren, fällt das Sterben nicht schwer. Nun ist uns trotz allem die gemeinsame Stille beschieden, wir lauschen den Atemzügen und den Schritten der lieblichen Nacht. Der sanfte Druck ihres Körpers macht mich beinahe glücklich. Aber ich kann ihn nicht erwidern und ihre Wärme erreicht mich nicht mehr.

Ich weiß nicht, wie lange sie liegen blieb, ich schlummerte ein. Im Schlaf merkte ich, dass sie fort war, bekam Angst, erwachte aber nicht.

Oder bin ich doch wach? Ich friere. Ich denke an das Fenster, das sie geöffnet hat. Aber dorthin will ich nicht. Ich bin fest entschlossen auf dem großen Weg hinauszugehen, versuche die Beine über die Bettkante zu heben, aber ein riesiges Gewicht presst sie fest. Es ist kalt. Will den Arm heben, um Licht zu machen, aber er rührt sich nicht. Das ist alles. Nie mehr. Die Stimme im Innern ist sehr schwach. Danke, Angela. Das Ende ist gut.

Die Übersetzung aus dem Schwedischen erfolgte mit freundlicher Unterstützung vom *Swedish Arts Council.*
The cost of this translation was defrayed by a subsidy from the *Swedish Arts Council*, gratefully acknowledged.

Erste Auflage 2009

Göhrener Straße 7, 10437 Berlin, info@matthes-seitz-berlin.de

Titel der Originalausgabe: »Stundande Natten«

Vom Autor durchgesehene und autorisierte Übersetzung

Umschlaggestaltung: Falk Nordmann, Berlin
Druck und Bindung: CPI Moravia Books, Czech Republic

ISBN 978-3-88221-649-3

www.matthes-seitz-berlin.de

Literatur bei Matthes & Seitz Berlin

Esther Kinsky
Sommerfrische
Roman. 144 Seiten, gebunden mit Schutzumschlag
»Lakonisch schildert Esther Kinsky das Anti-Idyll am Ende der Welt, die Brüche in den Lebensläufen, ohne Vor-Wende Zeiten zu idealisieren und Nach-Wende-Zeiten zu verteufeln (...) Übermächtiger Verfall, Verwesung und Untergang sind bei Esther Kinsky aufgehoben in wunderbaren Wortschöpfungen und Naturschilderungen. In ihrem schönen, schmalen Roman verleiht die Autorin den Dingen und Worten eine Aura, die man eher in Gedichten vermutet.« Frankfurter Allgemeine Zeitung

Gaétan Soucy
Die Vergebung
Roman. Aus dem kanadischen Französisch von Andreas Jandl und Frank Sievers. 144 Seiten, gebunden mit Schutzumschlag
»Gaétan Soucys Literatur ist neu und anders. Voller Poesie und mit einem großartigen Gespür für Stimmungen, beschreibt der Autor das, wovor sich viele fürchten: die Einsamkeit nach dem Tod eines nahen Menschen, das Zweifeln am eigenen Verstand, das Gefühl, sich von der Welt verlassen zu fühlen. Dabei ist das Buch nie deprimierend. Es ist vor allem intensiv, geheimnisvoll und melancholisch.« Norddeutscher Rundfunk

Michael Roes
Der Weg nach Timimoun
Roman. 175 Seiten, gebunden mit Schutzumschlag
»Ein poetisches Plädoyer für die Selbstbestimmung des Individuums, das angesichts der Geschichte und Gegenwart Algeriens als politisch ziemlich unkorrekter Traum erscheinen könnte.« Frankfurter Allgemeine Zeitung